贾祖璋

科普大师经典馆

世界禽鸟物语

【美】布拉文 著

贾祖璋 译

中国国际广播出版社

目录

樫鸟与鹈鸰 ①

　　翠卡和都都尔这两个女孩儿，是极亲密的朋友。一天早晨，翠卡醒来说："哦，都都尔！昨夜我做了一个奇异的梦！"

　　"我也做了一个呢！让我们各自讲述所做的梦罢。翠卡，你先来讲。"都都尔说。

　　于是翠卡边笑边讲："我梦中化做一羽美丽的小鸟。头上生了一丛冠毛。我能够飞翔，哦，都都尔！多么有趣啊！但是最为悦意的，是我能够曼妙地歌唱，并且模仿所有林中的鸟类。不仅如此，我还能够模拟各种动物的声音。我想到有这样快乐的时候，真是不禁要大笑了。"

　　都都尔惊异地叫起来："什么缘故，翠卡！我梦见完全同样的事情。我也成为一羽美丽的小鸟，飞在树顶上，能够模拟各种声音。一定是梦将成为现实，给我们其中的一个。那是如何得美妙啊！"

　　"是的，让我们明天早晨最先起身的那个人的梦成为现实吧。"翠卡说。朋友俩也就互相同意了。

　　这天天黑了以后，翠卡希望明天和太阳一道起身，如同一个聪明的女孩儿会做的那样，极早去就寝了。但是都都尔却对自己说："我晓得我应该怎样做，我将不去睡觉。我将坐过一夜，这样我一

――――――――――
① 　罗马尼亚的传说。

定是第一个起身的。"

　都都尔坐在高背的椅子上，努力张开她的眼睛。她坐得时间久了，睡意也一分钟一分钟地深浓起来。到天快亮的时候，她开始打瞌睡了；虽然她用指头撑住眼睑，但是仍很难保持眼睛张开。最后没有法子，她终于沉沉入睡了。可怜的小都都尔，她太累了。

　第一线的晨光漏入室内，翠卡张开了眼睛，清醒而微笑。她从床上坐起，记得梦境，于是轻轻地跳到地板上。她这样做的时候，瞥见自己的脚，觉得奇异。怪气啊！竟然变成小小的鸟爪！她看到自己身上完全遮蔽柔软的羽毛。她试着移动她的臂膀，身体就轻轻的自地板上升起，从窗中飞掠到园子里。翠卡正如她梦里所做过的，变成一羽美丽的小鸟了。哦，她多么快乐啊！她听见云雀远在天空歌鸣，她张开嘴，颤声歌鸣，像云雀的同伴，甚至引他落到地上，因为他想歌鸣如此甜蜜的鸟，一定是他的佳偶。她发现一只小鸡，远离母亲；她就模拟可怕的鹰声去惊吓他，使他回到母鸡的翅膀下，受到母亲的保护。她听见远处有狗吠声，又有带着微微喧扰的回音，有小厮从厩舍中出来唤狗，他所怕的是狗离失在狗舍外面。翠卡如她在梦中那样，能够模拟所听见的任何声音。于是她真快活，歌唱，歌唱，尽情歌唱。在树林间跳来跳去，用她的拟声去戏弄并迷惑别的鸟类。

　至于可怜的都都尔，她醒来的时候，已经很迟了。她一脸疲倦的样子，抹抹眼睛，打着呵欠，因为她仍然没有睡醒。随后看到翠卡的床，她发现是空的。心里受到一个大打击，因为她非常想变成一羽鸟，现在恐怕太迟了。她穿起白色的衣服，跑到园里去找寻翠卡。但是她看见一个赶着母牛到牧场上去的老年人。老年人对母牛说着："咕咕啰，咕咕啰！"想引诱母牛跑快一些。

鹁 鸪

　　"咕咕啰，咕咕啰！"都都尔模拟他的声音，也没有晓得是什么意思。然而当她这样说的时候，她觉着身上有奇异的感觉。因为她的身体好像浮了起来，似乎可以飞翔。她看看自己身上，不再穿小小的白色衣服，却已变作灰色柔软的羽毛，翅膀也从她的肩上生了出来。

　　"哦，我已经变作一羽鸟！"她想这样说，但是所说出的只是"咕咕啰，咕咕啰"。因为都都尔已经变作美丽的鹁鸪（bó gū），鹁鸪所能够说的，只是这些。

　　"咕咕啰，咕咕啰！"树上有一种模拟的声音。都都尔耸起她小小的红眼睛，看见一羽华丽灿烂的樫（jiān）鸟①，跳跃于枝上，模拟鹁鸪声。她又听见鹪鹩（jiāo liáo）的歌声，还有云雀的，画眉的，以及雀鹰的声音，都从树上那只快乐鸟儿的小喉咙里发出来。都都尔想同样地学学看，但是她所能唱的只是"咕咕啰，咕咕啰"。于

────────

① 一名悬巢，一名山和尚，与鹁鸪同类，但体色美丽。

是她忧愁地自言自语："那是翠卡，她比我聪明，起身得早，梦境都被她变作现实了。唉！唉！"所以现在鹁鸪总忧愁地喊她单调的叫声，倾听稍久，好像在妒忌她快乐的朋友樫鸟，并怨恨她自己不能成为如此良善的小鸟。

　　翠卡所变化的樫鸟，常常是快乐的。在树间跳来跳去，用她奇异的声音，戏弄别的鸟类。她所过的生活，十分有趣，十分舒畅，永没有觉到忧愁的时候。至于她的好友，可怜的都都尔，却是失败了。

家鹪鹩

印第安人转化的美洲知更雀 ①

一提起知更雀 ② 的名字，即刻会使我们想到他是最快乐、最亲近的小鸟。每个地方，见到他的姿容，都觉宠爱，因为他不论到什么地方，总携带着快乐和仁慈。

阿美利加的知更雀。和他英吉利的堂兄弟，不是同一种鸟类，虽然两者都有红色的胸部。

美洲的知更雀，他红色胸衣的来源，也是和欧洲鸟不同的。

据印第安人说，远古的时候，一直在哥伦布发现美洲以前，或者竟是在有史以前，美洲是没有知更雀的。

当时奥吉布威人所住的地方，远在北方寒冷的区域中；有一位老年的印第安首领，他有一个儿子，名字叫作爱第拉。奥吉布威人的习俗，儿童刚刚长大到可以成为武士，尚未出去和别的勇士战斗以前，他必须经过一次重大的考验。别的部落和别种人民，也有相似的风气。要知道，古时候加拉哈 ③ 以及别的儿童，在他们变成佩带刀、矛和盾的武士以前，要如何的节食枵腹，被兵卒看守，而经

---

① 奥吉布威人的传说。奥吉布威人，是阿尔哀琴族印第安人的一种，分布苏必略湖区域。

② 知更雀亦名鸫鸟，欧美二洲著名的歌鸟。近似种类，我国也有产出，但不著名。

③ 英国古代的一个武士。

过长夜啊。棕色的奥吉布威少年，应用同样的方法，长期枵腹，希望能够得到"护卫神"的垂爱，从此附随身边，使他变成勇敢和强壮的武士。儿童生活中，这是一件紧要的事情，和现在要到学校里去读书一样。意思就是要赢得一张武士的文凭，才算儿童的生活毕业，开始做成人的生活。

爱第拉的父亲，是一个勇敢的武士，一个有名的酋长。他希望他的儿子比自己更加聪明、优秀和伟大。他决定爱第拉的绝食，要比任何少年来得认真和长久。因为他想这是使他成为种族中最尊荣者的方法。爱第拉是一个美貌的少年，但是进行考验，对于他实在还觉年轻，有许多比他年龄大的儿童，还都未曾为武士呢。别的酋长都说，他真还没有长大并且强壮到可为武士的时候。

但是爱第拉的父亲宣布这是时候了，吩咐他的儿子，鼓起勇气和自尊心来履行这样艰难的工作。他说："我的儿啊，要做奥吉布威的大酋长，不是一件容易的事情啊！"

爱第拉很虚心地回答："爸爸，我将照你的希望去做。我当尽我的能力去做。但是我力气没有较年长的儿童那样强健，我想轮到成为伟大的奥吉布威首领，还太早呢！不过，假如你喜欢，仍旧可以让我接受考验。"

爱第拉的父亲造就一座小小的皮帐幔，预备爱第拉绝食的时候居住。在帐幔里，爱第拉将没有食物，没有饮水的静卧长长的 12 天，盼望有"护卫神"垂爱的消息，作为这次考验的报酬。

时期已到，老人领导爱第拉到帐幔中，吩咐他卧在准备好的皮床上。爱第拉就依照父亲的吩咐进行，因为他是一个勇敢和服从的少年。

其时爱第拉静卧帐幔中，忍受的饥饿与干渴，是奥吉布威少年所从未有过的。期待的日子，分外长些，好像爬行得十分缓慢。他终日终夜静静默默地卧着，话也不讲一句。但是他的心里，异常恐慌，深恐不能忍耐到如他父亲所定的绝食12天。

每天早晨，他的父亲，来到帐幔中，赞扬并鼓励他；而且自己欣慰爱儿悠长的绝食时间，又少一日了。如此8天过去，老人于是快乐而自傲。他亲爱的儿子，已经做着任何奥吉布威少年所未曾做过的事情，全族的人，都赞扬爱第拉，说将来他一定成为一位极伟大的首领。

但是第9天的早晨，当父亲悄悄来到帐幔中看他儿子如何样子勇敢的时候，爱第拉回转他的头，向着门口，开始讲他这些长时期中第一次的说话。他已经极为瘦弱，苍白，他的声音也很低微。

他说："爸爸，我睡着过，我的梦颇为不祥。我睡着过，我的梦是失败和衰弱的。坚持到现在我还不能使我的'护卫神'喜欢。现在不是我变成武士的时候。我还没有足够长大和强壮。哦，爸爸，我不能再忍受绝食下去了！我真饥饿，真干渴，真昏晕无力！让我中止绝食罢，停几年再来试过。"

但是父亲严厉地拒绝了，因为他是志高好胜的，他颦眉皱额地说："不，不，儿啊，你现在要败坏我的名声了吗？记着光华荣耀，记着成为奥吉布威的大领袖。现在不过极短的几天了。勇敢啊，爱第拉，做一个坚忍和刚毅的人。"

爱第拉不再说什么。他用绒毯紧裹身子，并抽紧他纤弱的腰间的带子，想减轻饥饿的感觉。他就寂静地卧到第11天。这天早晨，他的父亲来到帐幔中，颇有一些自傲的样子，双目炯炯而视。

他说："壮士！我的爱第拉！再过一天，你可以免除绝食了。"但是爱第拉紧握他的手，向他恳求："爸爸，我不能忍受到明天了。我是不适合做伟大的领袖的。我失败了。给我食物罢，否则我就死了。"可怜的少年，舒发着他的残喘。

但是父亲仍然拒绝。他说："现在只剩一天，只有极短的几小时。爱第拉，再稍稍忍耐长久些。明天我当亲自带给你每个少年所时常吃的最精美的早餐。鼓起勇气啊，孩儿，因为只剩几小时了。"

爱第拉疲弱得不能回答。他静默地卧着，只有胸部微微起伏，表示他还是活着的。他的父亲最后一次离开了他，去预备明天精美的早餐。那时候全族都在为少年英雄的光荣，计划一次盛大的欢宴。

翌日清晨，爱第拉的父亲向帐幔走来，很骄傲地提着为他勇敢的儿子所预备的早餐，并微笑的思想，他将得到极大的快乐。但是他立定帐幔门外，出乎意外地听见里面有人在讲话。俯下身子，从帐幔的一个小洞里，向内窥视说话的是谁。可以想象得到，他一定异常惊奇，他看见爱第拉直立帐幔中央，像印第安人要出战的样子，涂刷他的胸部，成为鲜红色。当他涂颜色的时候，一边自对自讲话。他温和地说着话，不再像一个饥饿少年的柔弱声音。他的面孔虽然苍白而瘦薄，但是看起来极为美丽。

他说："我父亲断送了我的印第安生活。我父亲太好胜，他处置我超过我能力所能胜任的。他不能听从我孱弱的恳求。但是我晓得，我晓得！我仁慈的'护卫神'也明白那是超过我所能负担的。他看见我服从父亲，尽我的能力，使他欢喜，他遂表示怜惜。现在我不再做印第安的少年了。我必须变成'护卫神'所给我的形象，并且离开这里了。"

听见这些奇异的说话，父亲冲入帐幔中，惊慌恐怖地叫起来：

"我儿，我亲爱的孩儿！不要离开我啊！"

知更鸟

但是，虽然他这样说，爱第拉却变成一羽美丽红胸的知更雀，有柔软的羽毛和强壮的翅膀，飞到帐幔的脊梁上，哀怜慈祥地下视心碎的首领，歌唱道：

"不要悲哀，爸爸！我变作鸟十分快乐，解脱了人类的痛苦和哀愁。我将用我愉快的歌声，使你欢乐。哦，我觉到饥饿；但是现在我极容易得到食饵，随便在山上或田里；如此快乐呢。哦，我又觉到干渴；但是甘露和清泉，都是我所有的。走过树林中的路，有泥泞和荆棘，充塞道上，使我觉到痛苦；但是现在我的大道，是在光明洁净的空中，永远没有针刺来伤我，也没有野兽来追我。再会罢，亲爱的爸爸，我真快乐呢！"

他伸展他的翅膀，唱着甜美的歌，飞到近旁的树林里，在那边建筑窠巢，永远过他快乐的生活。

从那以后，快乐的小知更雀，都照他们第一羽所允许的，接近我们的房屋，尽他们所能，使我们快乐，使我们欢愉。因为他们还记得，他们的祖先，是一个人类的孩童。

地　鸠①

古时候①，有一个马来的少女，名字叫作科拉，与她的父母和小妹妹，一同居住树林中，生活十分快乐。后来有一天，科拉的父亲决定要和许多的邻人一样，在树林的边缘，开辟一块地方，种植谷物。

所以一天清晨，破晓以后，他就扛着斧头，想出去砍伐树木，清理地面。

"哦，爸爸，让我和你同去！我十分想要看种植的情形，从开始的时候看起。"科拉向父亲请求。

但是父亲不允许，叫她必须守在家里，直到他将树木完全砍倒。

"那时以后，我可以和你一道去吗？"科拉再次请求。她的父亲允许了。

日子过去了，树木已经完全斫倒了。科拉晓得了，异常快乐，跳上跳下，褐色的、裸露的、小小的脚环，叮当作响，并且喊："哦，爸爸，现在我可以和你一同到开垦的地上了罢？你是允许过的。"

她的父亲仍然摇摇头说："不，科拉，还是不可以。你必须等到斫下的树木，完全焚去，这样你可以和你的母亲以及我一同去种稻。"

科拉异常扫兴，很大的泪珠，含在她眼眶里。但是她仅仅说："你允许我可以帮助种稻，那是真真的，确实的吗？"

---

①　马来的传说。

他回过头来说："我允许你！"

最后斫下的树木完全焚去，地上已经可以播种。一天早晨，科拉看她父亲和母亲，预备要一同出去，她就询问："哦，你们到哪里去，爸爸、妈妈啊！"

她父亲肩上背一只大袋，回答说："我们去种稻。"

"但是，你允许我，可以和你们同去的时候来了！请让我做你们的小帮手罢！"科拉极聪明地叫起来。

"不，不，科拉，不要这样搅扰我们。你必须留在家里，照顾你的小妹妹。现在做个好女孩儿，等稻长成的时候，我们就一同去收获，那是极有趣味的。"她母亲不耐烦地回答。

"我将真真能去吗？你允许啊！妈妈！"可怜的、充满希望的科拉询问着，她觉得她母亲一定不是欺骗她的。

"我允许。"母亲随便地说一声，父母二人，就出门去了，穿过树林，布种谷类。

时候过去，稻已长成，可以预备收获。科拉听见父母讲起这件事情，非常高兴，因为现在是她盼望到的快乐的日子了。她自己打扮好，预备出去收获，如她父母允许的那样。但是当她很活泼地跟随他们，欢乐微笑的时候，他们回过头来，向她紧皱眉头，吩咐她回到屋里，看守各样东西，直到他们归来。于是可怜的小科拉落下泪来，对他们说："哦，我的爸爸，我的妈妈，你们每次反悔你们的允许，我都默无一言地依从你们。你们一次一次地推诿下来，这是我渴望已久的，几乎要使我心碎了。试想想！地已经垦好，树木已经焚去，稻已经种下，并且长成，现在即刻要预备收获。但是我还没有看见过究竟是在什么地方。哦，爸爸，妈妈啊，何以你们这样地亏待我？"

"在那边，在那边！如此细小的事情，不要大惊小怪。今天你不能去，等到稻都收起，要预备取米的时候，可以让你帮助我们，一定的。我们允许你，科拉，你将真真地，确实地去。"她的父亲和母亲说。

"你们允许！你们以前允许过我，但是到现在什么也没有。"科拉伤心地回答。但是正当她说的时候，毫不仁慈的双亲，已经走远了。

于是科拉倒在地上，异常悲伤地哭泣，因为她晓得她父亲和母亲的话，是不能信任的；这真是一件可怕的事情。最后她起来，抹去眼泪，看看她屡屡失望而耐心守着的小草屋。她对自己说："我不再忍耐了。这不是正理，有小小的事情就可以使我快乐的时候，却做得这样让我受苦。我必须去看看稻田，今天我必须去。"

科拉整理草舍，各样东西都妥善安放，尽她的能力，做到最好。然后抱起熟睡在地上的小妹妹，亲热地和她接个吻，使她睡在悬挂草舍中二墙之间的吊床上。最后科拉脱下黄金的手镯、耳环和叮当作响的脚环，那些和别个马来女孩儿所穿戴的同样的，将它们堆在门后，灿灿发光。但是她保守她的项圈，在她美丽的小颈上。

科拉曾经从女巫那边习得些小魔法，足以使她此刻应用。她跑出去拾起两片棕榈叶子，装在她的肩上，将自己变成为一羽鸟，一羽鲜明美丽的地鸠①，有许多金属色彩的羽毛。项圈变作一条带，仍旧留在她美丽的小颈上，像你们现在在每羽地鸠身上所看见的那样。

---

① 鹁鸪的一种。

哀鸠

　　科拉，就是这羽地鸠，飞去穿过树林，到她父母工作的耕地中。她栖在他们附近的一枝枯树上，叫着："妈妈，哦，妈妈！我取下我的耳环和手镯，放在门背后，并使我的小妹妹，睡在吊床里。"

　　她的母亲惊异于这些言辞，抬起头来，没有看见什么人，只见一羽地鸠在她头顶的树上。她于是呼唤工作于她旁边的丈夫："孩儿爸，你现在没有听见科拉的声音吗？"

　　"是的，我像听见，刁乖的孩儿必定没有依从我，暗暗跟随我们到了这里。假如她是这样，我将惩罚她。"父亲愤怒地回答。他们又呼唤她："科拉，科拉！"直到树林中发着幽寂的回音，但是没有人出现或者答应。

　　于是母亲说："我回到屋里去看看，她是否在家。或者我是听见科拉的说话，也或者是树林中有什么魔法。"她急忙回到草舍里，看见婴孩睡在吊床里，手镯和耳环灿灿然堆在门背后，正如声音中所说的，但是没有见到科拉。她惊异并烦闷，于是再跑回耕种地去。

　　"科拉跑去了，丈夫啊！"她叫，"我们刚才听见的一定是她的声音。听呀！她又说了！"

　　他们又听见甜蜜的声音从树上传来："妈妈，哦，妈妈！我取下我的耳环和手镯放在门背后，使小妹妹睡在吊床里。再会罢，科鸟鸟拉！"她说自己的名字科拉，用地鸠柔和的"科鸟"的音节，声调很婉转，她的双亲瞥视上去，看见这羽鸟，晓得一定是他们的孩儿——他们的科拉所幻化的了。

　　"让我们斫倒这株树，捉住我们刁乖的女孩儿！"父亲说。他举起斧头，极用力地向树斫去，直到树格格作响而倒下来。但是正当这时候，地鸠飞到另一枝树上，再吟咏她柔软的、从此以后她常说的"科鸟拉，科鸟拉，科"的音调。

烦恼的父母,在谷地上,从这株树到那株树地赶逐地鸠;但是终于不能将她捉住。每逢他们似乎手能及到她柔软的羽毛时候,她总逃走了。追逐她数里远后,他们只好两手空空地回家,心中觉着悲愁,并且悔悟。他们明白因为自己的不仁和爽约,驱使他们的女儿离开草舍,永远不再回来。

美丽的地鸠仍旧留恋于她心想前去的谷地附近。她仍旧忧愁地呼唤她自己的名字,仍旧戴着项圈于她美丽的小颈上。而且马来的小姑娘都异常亲密地喜爱她,因为她以前也是和她们同样的女孩儿。

黑顶北山雀

赫尔新妮①

翠鸟第一次出现的故事是很悲惨的，这一篇文字，你们可以不必阅读，除非是情愿要得暂时的忧愁的人。

远古以前，有一个美丽的公主，名为赫尔新妮，她是老年的风王伊奥拉斯的女儿，他们一同生活于欢乐的岛中。他们的主要任务，是管理四个强暴的弟兄，使他们保守秩序，即波里阿斯，他是北风；则菲剌斯，他是西风；奥斯特，他是南风；以及攸剌斯，他是东风。因为他们常常要越出风王的拘束，在海上做出可怕的游戏，使水手和他们的船覆没沉溺。她和这些粗暴的伙伴一起长大，深知他们的性格，赫尔新妮觉得这几个残虐的、一有机会就上演他们游戏的弟兄比任何事物都恐怖。

一天，王子栖易克斯来到伊奥拉斯王的岛上。他是黄昏星赫斯拍剌斯的儿子，做着帖撒利②大陆的王。栖易克斯和赫尔新妮逐渐相爱，最后得到和善的奥伊拉斯王的同意，美丽的公主，就嫁给栖易克斯，做了帖撒利的皇后。但这件事情，却触怒了她的四个风弟兄。

许多时候，他们住在和平的宫里，十分快乐。终于有一天，栖易克斯要去参见远地的教堂，必须在海上作一次长途的航行。赫尔

---

① 希腊的神话。
② 古代希腊东北部的一区。

新妮不能赞成他去，因为她极恐惧她所深知的四个伊奥拉斯王异常难于管束的残忍的风弟兄。她晓得闯祸的弟兄们，如何喜欢覆没没勇敢的水手，使他们沦入危险中；而且晓得他们特别喜欢加害于她的丈夫，因为他带她走的时候，未曾得到他们的同意。她请求栖易克斯不要去，但是，他说不关紧要。于是她再请求，假如必须要去，就带她同去，因为她不情愿留在后面，忧愁所要遭遇的事情。

但是栖易克斯决定赫尔新妮不必去。和善的王，自然也贪恋和她在一起；他和她一样不能无视别离。但他又恐惧海洋，并不是为自己着想，却是为他亲爱的女人。所以虽然她请求同去，他总是很坚决的拒绝。并且他允诺，假如各样都顺利，两个月工夫，就可以回来。但是赫尔新妮晓得永远不能再见他如此刻讲话的样子了。

分离的日子到来。赫尔新妮心碎地立在海岸上，看着船向东驶去，直到只剩一个小斑点，没入地平线下；然后她悲惨呜咽地回到宫里。

王和他的侍从们只行到一半路程，一阵可怕的风暴就来了。邪恶的风弟兄，脱离了良善的伊奥拉斯老王的拘束，在海洋上猛冲直撞，以惩罚带走美丽的赫尔新妮的栖易克斯。他们凶猛地吹荡，电光闪闪，怒涛山立；在可怖的骚动中，船和船上的一切，就都沉入海底。于是赫尔新妮的恐惧，被证实了，可怜的远离爱人的栖易克斯，沦没于残虐的波涛中了。

就在船遭难的这一晚，愁闷恐惧的赫尔新妮，孤寂地睡在家里，于梦中得知遇到祸殃。她似乎看见风暴和船的沉没，栖易克斯的形貌也出现，和她道着悲哀的别离。天刚刚黎明，她就起来，赶到海边上，抱着可怖的恐惧心，战战兢兢立在她最后看见那只命定的船的地点，对着经过风暴的荒凉的水面，仔细注视。最后，她发现一样幽暗的东西，在波间上下。目的物渐渐漂浮近来，一阵巨大的碎浪，涌起她溺死的丈夫的身体，在她面前的沙上。

"哦，最亲爱的栖易克斯！你是这个样子回来了吗？"她叫着，伸展她的臂膀去拥抱他。她跃过海塘，似乎要投掷她自己的身体到起伏不定、波涛沸腾的海洋里。但等待她的是另一种命运。当她跳跃上前的时候，肩上生出两只强壮的翅膀，在她自己明白以前，她觉着自己和鸟一样在水上轻轻飞掠。从她的喉里发出呜咽的声音，变作好像鸟类颤抖的哨声。柔软的羽毛，覆被她的全身，前头生一个羽冠，十分美丽。赫尔新妮是变作一羽的翠鸟了；这第一羽翠鸟，永远在世界的水上飞行悲啼。

悲愁的翠鸟，飞过水花，一直向和碎末接触的栖易克斯身体过去。当她的翅膀，触碰濡湿的肩，用她角质的嘴，探索僵硬的嘴唇，企图接吻，如同先前亲密的样子，这时栖易克斯竟开始恢复生命，四肢活动起来，脸上呈现微弱的颜色，同时像赫尔新妮那样变化的情形，出现在他的全身。于是他也变作翠鸟了。他觉着翅膀在他肩上振颤，使他可以离开致他于死的海。他也是披着柔软的羽毛，在他伟大的头上，有一个伟大的羽冠。他发出一种微弱的叫声，一半是悲愁他的遭遇，一半是快乐从此以后，至少可以和他的女人，集在一处。栖易克斯从他没有生命的肢体卧过的，碎末溅泼的沙上起来，偕着他的女人赫尔新妮在波上飞掠。

这一对不幸的生物，变作最初的翠鸟，庆幸他们最后可以生活在一起。所以我们看见他们在水上飞掠，仍然有尊严的态度，和尊严的羽冠在他们头上。

他们用鱼骨造巢，成为一只粗壮，紧密的篮，和船一样安稳的浮在波上。当他们的孩儿，就是小翠鸟，坐在这种浮动的摇篮里的时候，是冬季中心的七日，海上不再有恐怖，水手可以放胆去赶他们的行程。

因为良善的伊奥拉斯王，当他的小孩儿们浮动在摇篮里的时候，矜怜他女儿赫尔新妮的忧愁，常常特别注意拘束邪恶的风弟兄，使他们不能再做出任何的祸事。

这就是何以一个"赫尔新节"① 意思是平和与安全的日子的缘故了。

栗领翡翠

① 意译为平静日，或康宁日。

母鹊的幼稚园 ①

你们曾否注意过春天建筑于树林里、灌木丛中、沙堤上或草丛间的鸟巢，有如何样子的不同？有些是出奇的精巧，为雏鸟做一个美丽的小家室。别的很拙笨，并没有细致固定，只给婴儿以不安全的摇篮，在树顶上。有时候，当大风之后，巢下的地面，你们可以发现可怜的小小的破碎的卵，他们是从巢里滚出来的，失去了转化为鸟，平安地、快乐地张着翅膀的幸福。遭遇这样不好的事情，因为他们懒惰的父亲和母亲，在年轻的时候，没有注意学习母鹊所教授的筑巢功课。最拙笨的鸟巢，要算鹁鸪所作的。真的，他差不多不是一个完全的巢，只是巢的基底而已。这里，关于鹁鸪的造巢，有着一个传说，我将讲给你们听。

鸟类初出现于世上的时候，除母鹊以外，没有一个晓得如何筑巢的。他们时时用新生的翅膀练习飞翔，对于这样奇异的飞翔的游戏，颇感兴味，所以他们遗忘应该为未来的小鸟，预备一个家。待他们到了快要产卵的时候，于是仓皇起来，不晓得怎样做才好。他们寻不到一个地方，可以避免四脚动物的危害。他们开始咕咕哝哝，怅然地叫喊："哦，我多想要为我的卵得到一个精美温暖的家屋！""哦，我们将怎样制造家屋？""可怜我，家政的事情，无所知。"

---

① 英国威地岛的传说。

于是可怜的、愚昧的东西们，皱起羽毛，露出他们不愉快时候所特有的表情。

只有母鹊是例外！她不是最良善的鸟类，但她是最巧妙、最聪明的鸟；她似乎能够知道鸟类所知的一切事情。她早已想出一种方法，忙于为她自己建筑一个有名的窠巢。她真真是一种智巧的鸟类！她聚集草根、树枝，用泥土黏合起来，固定在粗壮的榆树上。在她家屋的前面，又造起一个刺棘的栏栅，避免破坏和平的邻居鸟类，或许要向她行窃。她有一个隐藏、安乐的居屋，当个别还在悬想应该如何构造的时候，她早已完成了。她进入新的家屋中，安全地住着，用她尖锐的小眼睛，经过窗隙，向外窥视。她看见别的鸟类，咭哝跳跃，毫无办法。

"他们是怎样愚昧的鸟类啊！"她哑哑地叫出来，"呀，呀！何以他们不造一个巢，像我这样呢？"

目光犀利的麻雀，即刻发现母鹊坐在她的巢里。

"哦！看那边！"他叫，"母鹊已经想出筑巢的方法，让我们请求她教授我们。"

然后所有别的鸟类，都热心地说："是的，是的！让我们请求她教授我们。"

于是他们合成一大群，飞到母鹊安居的新家室的榆树上，唧唧软语，而且跳跃。

"哦！聪明的母鹊，亲爱的母鹊，"他们诉说，"教授我们如何可以像你这样建筑窠巢罢。因为天快黑了，我们疲倦，需要睡眠。"

母鹊说她可以教授他们，假如他们是一班忍耐、勤恳而且服从的小鸟。于是他们都允诺可以这样做。

佛罗里达鹊

　　她使他们排成圆圈，栖息于她的面前。有些在树的低枝上，有些在灌木上，有些在地上的草里和花里。每种鸟类，各就所栖息的地方，建筑他们的窠巢。于是母鹊寻得泥土、树枝、藓类和枯草——这些东西，都是鸟类筑巢所必需的。你们能够想得出什么是有些鸟类所觉着无用的吗？这些东西完全堆积在她面前，她告诉各种鸟类，照她的样子做起来。好像一大群鸟类的幼稚园学生，做一个新建筑的游戏，母鹊是其中的教师。

　　她开始指示他们，如何编织这些东西，成为他们的窠巢。有些鸟类，专心而且谨慎，看过如何做后，即刻能够自己制造精美的家室。你们看见过黄莺为他的幼孩，造成悬垂的摇篮，是如何惊奇的吗？一定是，母鹊教授他如何的做，而他是一个可以嘉奖的学生，晓得自己用心改良。但是，有些鸟类没有像他，也没有像忍耐的小鹪鹩。有些是懒惰、呆笨并且嫉妒母鹊那个已经完成的窠巢，而他们的还得去做起来。

　　母鹊一边工作，一边指示，看起来似乎情形极为简单，他们羞惭自己却没有想到。当她一口一口进行上去的时候，愚昧的东西们，自以为关于这件事情，已经从头至尾，完全晓得了。对于他们的教师，反而表示极不高兴的样子。

　　母鹊嘴里衔两根树枝，叫他们开始依照这样做："我的朋友们，第一，你们必须放下两根交错的树枝，作为基础，就是这个样子。"她于是小心地安放树枝在她面前。

　　"哦，是的，哦，是的！"老鸦很鲁莽的冲断她，哑哑地说，"我想那是开始的方法。"

　　母鹊睨视他一眼，就继续说下去："第二，你们必须安放一枝羽毛，在一块苔藓上，开始起造墙垣。"

"当然，一定的，"小鸦直叫出来，"我晓得其次是那样做。那是我告诉过鹦鹉的，仅在片刻之前。"

　　母鹊看着他，心里着实有点不耐烦，但是她没有什么表示。"然后，我的朋友们，你们必须安放藓类、兽毛、羽毛、树枝或草类，在巢的基础上；什么材料，你们可以任意选择。你们必须依照这个样子安放下去。"

　　"是的，是的，"椋鸟叫起来，"大家都晓得将树枝和草类，那个样子处理。当然，这是当然的！告诉我们一些新鲜的。"

　　母鹊于是极为愤怒；但是她仍旧继续教授她的功课，虽然这些鲁莽愚昧的东西在打岔。她回转头来，向着鹞鹕；鹞鹕是一个浮躁愚钝的女士，她试想安放的树枝，迄未成功。

　　"这里，鹞鹕啊！"母鹊说，"你必须安放这些树枝，重叠交错，十字形交错，十字形交错，这个样子。"

　　"十字形交错，十字形交错，这个样子，"鹞鹕岔断她说。"我晓得。那个样子做，做，做；那个样子做，做，做。"

　　母鹊十分愤怒，独脚的跳起跳落，几乎难于再说话。

　　"愚笨的鹞鹕！"她飞唾急语，"不是那个样子。你毁坏你的巢了。安放树枝，依照这个样子！"

　　"我晓得，我晓得！那个样子做做做，那个样子做做做。"鹞鹕用她柔软、愚拙的小声音，很固执的鸪鸪地讲，对于母鹊的指导，丝毫没有注意。

　　"那个我们都晓得了——还有什么加添呢？"群鸟咭咭哝哝一齐说，他们急于要晓得接下来是什么，因为巢还只有一半造成。

　　但母鹊已经完全厌恶了，拒绝再继续教授她如此被学生们鲁莽地打断的功课。

哥伦比亚鹊

"你们都是十分聪明的，朋友们，"她说，"真真的，你们不再需要我的帮助了。你们说，关于这件事情，已经完全晓得，那么，你们继续自己去完成所造的巢罢。你们当能得到许多幸运！"然后她飞回榆树上自己安乐的巢里，不久就睡得很熟，完全忘却了刚才的事情。

但是，唉！这些鸟类，进入如何困难的情形中了啊！功课只有一半完成，他们中间，对于此后为何情形，多数是茫无头绪的。那就是现在有多数的鸟类，永不晓得制造一个完全的巢的缘由。有些比较的好一些，但总没有像母鹊那样构造完整的。

唯有鹁鸪是他们中间最愚笨的。因为她只晓得母鹊指示给她的安放十字形交叉的基础。所以，你假如在树林中发现最粗率、最愚笨的鸟巢，好像一只盆子，用细枝交错搭合，平放在树枝上，没有栏杆可以阻止卵的滚出，也没有遮盖可以避免雨的濡湿，你可以晓得，这个愚笨的样子，就是鹁鸪女士的巢，她真是对于母鹊所教授的功课，太不用心学习，太觉呆笨了。

其中最奇怪的，是鸟类为求晓得全体事情的缘故，而谴责母鹊，结果，从此以后，他们永远不能及她。在你们自己的中间，也可以见到；能够有所发明，或者做东西比别个好的聪明的人，他所遭遇的运命，也常常是这样的。

蓝鸟翼凤蝶

不睡的夜莺 ①

当别种鸟类熟睡于巢中，小小的头很安逸的藏匿于羽毛下面的时候，夜莺却说不可休息。她仍然用优美的声调，在丛林密菁中独自歌唱。

她何以终夜歌唱，和日里同样的不睡呢？因为她是不敢睡眠，假如睡着了，盲蜥蜴②要来挖取她的眼睛的。

在远古的时候，盲蜥蜴并非完全盲目，他生着一只良好的眼睛。那时候，夜莺也只有一只眼睛。缺少一只眼睛，对于盲蜥蜴是没有什么紧要的，因为他是蛰居的生物，他在地底下，木头下或树叶下的黑暗中爬行，生活也很满意了，在那种地方，没有谁看见他，也没有谁注意他。但是夜莺的样子，真够可怜啊，众鸟中最甜蜜的歌者，最可爱的音乐家，却只有一只眼睛；至于别个，就是最细小的蜂鸟，也有两只眼睛，想起来是多么的遗憾呢？

对于这件事情，夜莺很觉痛苦，在别的鸟类面前，她颇想遮饰她的不幸。遇到朋友的时候，她总歪耸着头；又常常飞得极快，使别个不能看见她空虚的眼眶，只将她美丽的一只眼睛，给人家看见。

一天，鸟类界中异常热闹，因为鹟鹩姑娘嫁给了知更雀少年，

---

① 法国传说。夜莺与知更雀同类，也是欧洲的歌鸟，以夜间能鸣著称。
② 欧洲产的一种蜥蜴，通常认他为无目，实则不过眼睛细小罢了。

黑喉绿林莺

他们将举行盛大的婚礼，各种鸟类，都要去观礼。当然，夜莺须做羽族中婚礼乐队的领导者，但是，可怜的夜莺，听到这个消息，反而十分烦闷。

"哦，可怜啊！"她说，"我愿意参与鶫鹠姑娘的婚礼，哦，当然我应该去！但是我如何能够去？假如我去，别的鸟类将发现我只有一只眼睛，而且这些不悦意的东西，将如何地嘲笑我啊。唉！唉！怎样好呢？我不能去，不能，我真的不能。但是，我怎样设法逃避呢？哦，鸟类中最甜蜜的歌者，仅仅因为她缺失一只小小的眼睛，就要取笑她，真是没有道理呢？"

夜莺栖在树枝上，如此哀怨的歌唱，所有经过她下面的生物，多感到了忧愁。刚刚这息晨光，夜莺瞥见枯叶下面，有银白的闪光。这是灰色纹点的盲蜥蜴，在向卧倒的腐木下面，就是他所喜欢穴居的地方行走。盲蜥蜴不像别个感到忧愁，对于夜莺的音乐，似乎没有些微的留意。虫类是不晓得甜美的歌声的。他耸起他的一只眼睛向着夜莺，并且恶意地闪闪雾动。只有他晓得夜莺的秘密。

"好啊，夜莺，"他说，"今天早晨你的眼睛如何？我们两个恰恰成为一对；虽然我想我所有的是两者中较好的一只。"

随后他就隐没于小缝中，因为虽然盲蜥蜴差不多有尺许长，但是身体光滑柔润，所以能够潜入几乎比他身子要小的洞穴中。

这样卑下、呆笨的生物，非但不能飞行，并且不能歌唱一声，就是哆、唻、咪、唉也不曾明白的东西，却来不拘礼节地对她说话，夜莺不禁大怒。还有所以使她动怒的，是她的秘密完全被他洞见了，而且高声地讲，使大家都可听见。

"这个样子！"她叫，"我不能参与鶫鹠好友的婚礼，真是不行。外加被这样无知的生物嘲弄，尤其是不能忍受的。哈！哈！有方法了。我将惩罚他，同时救助我自己。我将窃取他的一只眼睛，装在我的眼眶里，然后去参加鹟鹟的婚礼，一定没有人能再发现我的不幸了。"

计划果然不差，但是要想取出他的眼睛，并非容易，夜莺想到。因为盲蜥蜴十分胆怯，很小心地隐匿于松泥的穴里，好像他已一半猜到夜莺的计划似的，夜莺逐日热心地看守他的行动，到了最后，就在鹟鹟结婚的晚上，当时她几乎已经绝望，她察见盲蜥蜴熟睡于高树下的苔藓上。

"哈哈！"夜莺极柔和地对自己说，"此刻是我的机会！"她飞到栎树顶上，从树枝间跳跃下来，直到很接近睡熟的蠢物的上面。然后她突然飞下，对准盲蜥蜴攫去。在他发觉遭遇变故以前，夜莺早已偷取他的眼睛，装入自己空虚的眼眶里了。

"哈！哈！"她和婉地歌唱，"现在我有两只明亮的眼睛，和别人一样好的了。现在我可以很高兴地去参加鹟鹟的婚礼，将没有人能够企及我礼貌的周到。我将能够讲述新婚的装束如何是合适的，每根极小的羽毛，应该如何整理；在乌鸦牧师宣诵祝词以后，她应该如何举动。哦，我真的快乐啊！"

但是可怜的盲蜥蜴，从此真的变作盲子了，他开始哀鸣悲啼，请求夜莺还他眼睛。

"不，不，"夜莺说，"前次我因为不能去参加婚礼，坐在树上悲哭，你不是嘲笑过我吗？现在我啄取了你的眼睛，我很光荣的可以看见一切，但是你将永不能再看见我坐在树上悲愁的样子了。"

于是盲蜥蜴变作异常愤怒。"我将取回你的眼睛！"他叫，"我将从你那里偷窃回来，和你偷窃我一样，乘你熟睡的时候。有几夜我将爬到你的巢里，取去两只你所引为骄傲的眼睛。于是你将变作

芹叶钩吻林莺

盲目，和我现在一样，完全盲目。"

听到这些恫吓的说话，夜莺终止歌唱，很恐慌地静默。因为她晓得盲蜥蜴将照他所说的做。但是转瞬之间，她即刻又有了好主意。

"不妨，"她快乐地颤声说，"你将永远不能成功。我决不再睡觉了。我将常常保持清醒，不论白天或夜里，我要用两只明亮的眼睛，察看危险。是呀，是呀，是呀！将没有人再能见我小睡。"

"你不能救助你自己，"盲蜥蜴说，"你决不能长时保持清醒，你将因疏忽而瞌睡。我仍然可以有几夜发现你睡觉，于是我可以报复了。"

"不然，不然！"夜莺啭声说，同时飞去装饰她自己，因为她即刻将去参加婚礼，"我将歌唱歌唱，日夜的歌唱，以保持我的清醒。所以我是不必恐惧的。再会啊，再会！"

夜莺随即跑到礼场上，歌唱她从未有过的甜蜜的婚礼乐曲。而且从此以后，虽然她觉到疲倦，哦，十分疲倦！但是，她终夜歌唱，明天又是终夜，又明天，又是终夜。她所到的地方，都给她继续不断的歌声，带来幸福。因为她片刻的时候，也不敢睡眠，她晓得盲蜥蜴时时预备着要攫取她现在引以为荣的眼睛。

鸟类的王 ①

很久以前，鸟类还刚刚从母鹊地方，学会如何建造他们窠巢的时候，有一羽鸟说："我们应该有一个王。哦，我们十分需要一个鸟类的王啊！"

你可以看见，在鸟类的国土里，早已开始纷扰。每天早晨，都有辩论谁是最先得着蠕虫权利的。也有争夺最好的筑巢地方和最肥美的甲虫的；关于这类的困难，没有一个能够解决。于是强暴的鸟类，愈形大胆，没有一个能够管理和惩戒他们。那自然是无疑的，鸟类实在需要一个王来维持秩序和安宁。

于是议论蜂起："我们必须有一个王，我们将选择谁来做我们的王呢？"

他们决定举行一次盛大的集会来选择。因为鸟类的特别才能是飞翔，所以他们同意，哪个能够一直对着太阳，向天空中飞得最高，就做他们的王，做空中一切羽族的王。

所以，一个美丽的清晨，早餐以后，鸟类集合起来，开始选举他们的王。所有的鸟类，从最大的以至最小的，一起都来了。他们分别栖息树上、灌木上、草堆上或地上，啁啾（zhōu jiū）软语，歌唱喧噪，种种声音，有如现在不生羽毛的人类举行选举时候那样的

---

① 法国西南部加斯科尼的传说。加斯科尼为古公国名。

扰杂。他们大群云集，天空也几乎遮暗了。栖息草上，看上去好像绿色的书页，刺穿许多的洞。他们如此繁多，就是最聪明的母鹊，以及最年老的枭先生，也不能计算，究属一共有多少。他们同时说话的时候，好像午后茶会中的妇人，扰杂异常。

红胸的小知更雀，活泼跳跃，大家都喜欢和他讲话，因为他是十分可爱的宠儿。华丽的金鹬（ruò），也在场上，他披着精妙的羽衣。还有小小的黑鸟，这时候，他还是雪样洁白的。骄傲的孔雀，愚昧的鸵鸟，拙笨的企鹅①，以及我们现在所不能再见的渡渡鸟②，都在这里。当然其他还有别的我们现在无从知晓的种种奇异的鸟类。总之，所有世上一切鸟类，不论是能够飞行的或不能飞行的，都在这里，预备被选为王（但是，假如不作飞行，生翅膀做什么呢？你们可以感到，鸵鸟是如何愚笨的啊！）

鹰希望被选为王，他想一定能够较任何一羽飞得高远。他独自栖在一枝高松树上，似乎十分的尊荣和高贵，宛然是未来的鸟王的神气。于是各种鸟类，互相睨视，垂下他们的头，低声耳语："他一定被选为王了，他可以转瞬之间，一直飞到太阳近旁，他伟大的翅膀，如是强健，如是强健呢！他是永远不会疲倦的。他一定被选为王了。"

这些低声耳语，偶然被鹰所听到，真觉得开心。但是，小小的褐鹪鹩，也听到了，却有点不高兴。这羽反常的小鸟！他想自己做鸟王，虽然他是一羽最小的鸟，决不能保护别个，也不能弭平扰乱。他妄想在盗劫的鹞和勇猛的隼中间，做和平的使者，其实他们很容易将他撕成碎片的。但是，他是一种自负的小生物，以为没有理由，何以他不应该做尊贵的元首呢。

---

① 南半球的海洋鸟，形似鹈鹕（pì tī），常直立，如坐而企望然，故名。
② 产于非洲，翼短脑小，举动呆滞。17世纪末，猎尽灭种，今已无存。

苍鹰

"我比鹰聪明得多，"他自言自语，"虽然鹰是如此的大。我将做鸟类的王，不必管他。啊，啊！我们将看见我们所应见的事情了。"假如你要说明为何他如此设想，只可以说，因为鹪鹩细微的头里，包含着较头骨为伟大的意念的缘故。他卷起羽毛，使他的身体，尽量扩张起来，于是跳跃到鹰所停息的树枝上。

　　"啊，老鹰，"鹪鹩傲慢地说，"我想，你在希望做鸟王罢？"

　　鹰用他巨大明亮的眼睛凝视着他："啊，假如我做了，怎么样呢？谁来和我争呢？"

　　"我将要呢？"鹪鹩说，狡黠刁猾的样子，摇摆他褐色的头，并蠕动他的尾羽。

　　"你！"鹰说，"是否你希望飞得比我高？"

　　"是的，"鹪鹩低低地说，"我是。是的，我是，是，是！"

　　"哈！"鹰鄙夷地说，"我伟大，强健而且勇敢。我能够飞得比云更高。你，可怜的小东西，不过豆那样大。我们飞到这枝树的两倍高度以前，你恐怕就要气喘不止了。"

　　"我是微小的，但我能够上升高过于你，"鹪鹩说。

　　"你赌什么呢，鹪鹩？"鹰问他，"假如我赢了，你给我什么？"

　　"假如你赢，你做鸟王。"鹪鹩说，"除此以外，假如你赢了，我肥美的小身体，给你当早餐。但是，假如是我赢，先生，我做鸟王，你必须允许我，永不，永不，永不伤害我以及我的同类。"

　　"极好，我可以允许你。"鹰带笑地说，"来了，现在已是试验的时候，你可怜的愚笨的小生物啊。"

　　众鸟都拍动翅膀，热心地歌唱，"让我们开始，开始。我们要看谁做鸟王。来，大家试验起来，谁飞得最高？来，大家来！"

冬鷦鷯

　　于是鹰展开他伟大的翅膀，一直向着正午的太阳，很安闲地上升空中。随他而起的，还有另一批想做鸟王的鸟。如凶暴的鹞，勇敢的信天翁①，以及云雀——他一边还唱着奇异的歌曲。长脚的鹳，也一道出发，但他不过仅作游戏而已。"我好像是鸟王！"他叫着，而且笑起来，顷刻之间，下落地面了。但鹪鹩各处都没有看见。他轻轻地在鹰的头上跳跃，宛然是鹰的一个小冠。而鹰却没有晓得他在那里。

　　不久，鹞和信天翁，以及勇敢的云雀，都落在后面，鹰开始暗笑他自己如此容易胜利。"你在哪里，可怜的小鹪鹩？"他高声地叫，因为他想这羽小小的鸟儿，必定遗留在远远的下面。

　　"我在这里，我在这里，远在你的上面，鹰先生！"鹪鹩用一种细小柔弱的声音，吱吱地说。鹰以为鹪鹩在异常远的上面，虽然他犀利的目光，也不能侦见这样小生物。"奇怪呀！"他对自己说，"鹪鹩高过了我，如何的出乎寻常以外啊！"他于是加倍速力，向上飞去，高了再高。

　　他又用一种可惊的声音叫着："呀，现在你在哪里？现在你在哪里？可怜的小鹪鹩！"

　　他听见细小清脆的声音，在他上面一些，吱吱响起："我在这里，我在这里，比你接近太阳，鹰先生。现在是否你要讨饶作罢了？"

　　当然鹰还是不肯作罢的。他飞上去，高而又高，直到下面地上有耐心的，等待他们的王的群鸟，望起来模糊不明。最后，虽则鹰强大有力的翅膀，也觉到疲倦，因为他已经远在云的上面。他想现在鹪鹩一定在几里远的后面了。他发出一种胜利的叫喊："现在，你在哪里？可怜的小鹪鹩。你很低很低的在下面，能够听见我的声

---

①　一种大海鸟，栖息洋中孤岛，每数万群集。

哈兰鹰

·40·

音吗？”

但是他如何的惊异，听得同样清脆的小声音，在他头上，"我在这里，我在这里，鹰先生，仰高来看看我罢，看啊！现在既然我较你飞得高，你将承认我胜利了罢！"实则他仍然在鹰的头上飞跃。

"是的，你胜利了，小鹪鹩。让我们一道下降罢，因为我已经十分疲倦了。"鹰异常颓伤的样子说；随即用他笨重、扫兴的翅膀，突然下降。

"是的，让我们一道下降，"鹪鹩轻徐低缓地说，他仍旧安稳地栖息在鹰的头上。他就骑在这个世界上第一个发明的升降机上，向下降落。

鹰将要接近地面的时候，别的鸟类，发出一种欢迎的喧声。

"鹰王万岁！"他们歌唱着，"你飞得如何高！如何接近太阳！他没有焦灼你神奇的羽毛罢？鹰王万岁！"于是他们做一种令人耳聋的合奏。但是，鹰止住他们。

"鹪鹩是你们的王，并不是我，"他说，"鹪鹩飞得比我高。"

"是鹪鹩？呀！呀！鹪鹩！我们不能相信。鹪鹩飞得较你高吗？不会，不会！"他们大家呐喊。刚刚鹰在树上息下，他的头顶，小鹪鹩跳跃着，耸起他的头，装作很骄傲的样子。

"是的，我飞得比他高，"他说，"因为我自始至终息在他的头上，哈，哈！所以现在我是王了，虽然我很细微。"

鹰识破了对于他所施的诡计，十分震怒，即刻扑住狡黠的鹪鹩，想惩治他。但鹪鹩痛呼着："记得，记得你允诺决不伤害我以及我的同类！"于是鹰止住了，因为他是尊贵的鸟类，决不说了话再反悔的。他就收起翅膀，另换一种唾骂的方法。

"做鸟王，哦，骗子呀！诈徒呀！"他说。

"骗子和诈徒！"别的鸟类附和起来说，"我们不要这样东西做我们的王。他是骗子，应受惩罚。你可以做鸟王，勇敢的鹰，假如没有你的强力，他决不能飞得如是高。你是我们所需要的保护者与管理人，不是那个没有豆那样大的狡黠东西。"

鹰终究做了鸟类的王；他是一种尊严的鸟类，你必能懂得，否则，他不会被选作徽章上的标识。除外，你还在旗章，冠冕和金银货币上，可以看见他的图形。他是变得如是著名。

但鹪鹩是被惩戒了。众鸟未曾决定惩治的方法以前，先拘囚他于小穴中，使枭先生看管着。但是审判刚刚开始，懒惰的枭，沉沉入睡，鹪鹩就偷偷地逃出监狱，乘他们的不备，远飞而去。结果他没有受到照理应受的惩罚。

众鸟对于年老的枭先生的疏忽，异常愤怒，他于是从此以后，白天永远不敢在大庭广众间露面，只隐避在树穴中。仅仅到黑夜里，才独自幽愁羞涩地在树林中漫游。

泽地鹪鹩

取火的鹤鹃 [①]

　　无数世纪以前，人类初出现于世上的时候，世界上还没有晓得利用火这一回事情。人类没有火来烧灼他们的食物，所以他们不得不吃生的东西；可想而知，那是极不适意的！没有快乐的火光荧荧的地方，可以坐在旁边，讲述故事，或者制造糖果和爆玉蜀黍。除开太阳、月亮和星光以外，在黑暗的夜间，是没有光亮的。那时候，还没有蜡烛，煤气灯和电灯更不必说。想起来是很奇怪的，在这样的世界中，虽然是成年的人，也像孩儿和鸟类，天一夜，就去睡觉，因为除外没有什么事情好做了。

　　但是鸟类的生活，比较人接近天上，他们晓得太阳中的火，更晓得火差不多是魔术的元素，将他给与无羽毛的种族——人——将成为一件异常巧妙的事情。

　　一天，鸟类作一个庄严的集会，决定人类必须有火。于是要有一羽鸟，飞到太阳边去取一个火炬来。谁能负担这个使命呢？翠鸟 [②] 已经有过一次不愉快的经验，觉得太阳的热力，真是凶暴，至于鹰和鹤鹃，在著名的争夺王位的飞行中，也得到过同样的经验。

　　"我不敢去，"翠鸟说，心中有些颤抖，"我已经去过一次，所

---

① 法国的传说。
② 据德国的传说，翠鸟曾经飞到太阳边，羽毛被焦灼，所以她的胸前是黄色的。

给我的警告，足以使我许多时候不能遗忘。"

"我不能够去，"孔雀说，"因为我珍贵的羽毛，是不宜接近危险的。"

"我不应该去，"云雀说，"因为热力足以伤害我美丽的声音。"

"我必定不去，"鹳（guàn）说，"因为今天晚上，我允诺要带一个婴孩到王宫里去。"

"我不能够去，"鸽子说，"因为我有满巢的雏鸟，要待哺食。"

"我也不能，"麻雀说，"因为我觉得惧怕。"

"我也不能！""我也不能！""我也不能！"别的鸟类同声合奏。

木鹪鹩

"我将不去，"枭哇哇地说，"我是简简单单地不想去。"

然后小鹪鹩走出来，他是退隐在幽洼地方的，因为他曾想欺骗鸟类，选举他做鸟王，所以被他们轻视了。

"我将去，"鹪鹩说，"我将去取火给人类。我在这里用处很少。没有一个爱我，个个都轻视我，因为我对于我们的王，就是鹰，曾经施过诡计。在取火的过程中，假如我受了伤害，不必惹谁来注意。我可以去试试看。"

"说得勇壮，小朋友，"鹰和善地说，"我自己本可以去，但我是王了，王必不能去蹈危险，因为我的生命，是与全体百姓的安宁有关的。你去，小鹪鹩，假如你得到成功，你可以在你的弟兄们中，赢回已经被剥夺的尊敬。"

勇敢的小鸟不再多说，即刻负起使命出发。虽然他是柔弱纤细，刚毅地向上飞去，终于到达太阳边，随即摘取一个火炬，衔入嘴里，转身向地面飞下。明亮闪耀的斑点，经过空中，好像一个流星。不息的下降，渐渐接近鸟国里的冷水，和等待着他的安宁。别种鸟类和他们的王，聚在一起，都焦躁地注视着他的归来。

知更雀突然叫起来："唉，他的身上烧着了！他取得火了！"于是这位忠实的小朋友，跃射出去，救援鹪鹩。确实是光耀的火炬中的一个火星，落到鹪鹩羽毛上，将他可怜的小翅膀烧着了。他可怜地乱动身体而下降，嘴里仍然啄住火炬。

知更雀飞到他的面前，对他说："做得好，弟兄！你成功了。现在你将火炬给我罢，你可以落到我们下面的水里去，熄灭足以使你生命危险的火焰。"

于是知更雀回转身体的时候，接过火炬，衔在嘴里，开始向地面下落。但是，不久和鹪鹩一样了，他拍动燃烧着的，光亮的羽毛向地面下来，好像一串小小的活动烟火。

随后云雀也上来，她是注意着这两羽不自私的鸟类的。"火炬给我罢，知更雀哥哥。"她叫着，"因为你美丽的羽毛，已经完全烧着，你的生命，也在危险中了。"

如是云雀最后将火炬平安地带到地上，给与人类，鹪鹩和知更雀，扑灭燃着羽毛的火焰，而出现于众鸟面前的时候，被他们十分的赞扬和欢迎，成为当日的英雄了。知更雀的胸部，焦灼成鲜红色。可怜的，勇敢的小鹪鹩，羽毛完全焚去，变成裸体的了。他立在众鸟的面前，凄然颤抖着身体。

"勇敢！小鹪鹩，"鹰王叫着，"今天你做下勇敢的行为了，你已经光荣地赢回了你在弟兄间的敬仰。而且人类将永远感激你的恩德。现在我们将用什么来帮助你忧愁的境遇呢？"经过片刻的思索，他转向别的鸟类说，"谁将取一些羽毛来帮助我们勇敢的朋友遮蔽身体呢？"

"我！""我！""我！""我！"慷慨的鸟类齐声说。于是轮流向前，各自从胸前取下一枚羽毛，或一丛绒毛给与鹪鹩。知更雀第一个，他也是尝到危险的，取下一枚可怜的，焦灼的，但是可以珍贵的羽毛。云雀次之，她也在紧要的时光出过力。鹰颁赐一根王者的羽毛。除枭以外，所有夜莺，画眉以及其他鸟类，多有捐赠。

但是自私的枭说："我看没有理由，何以我要给他羽毛。咦哟！没有的！鹪鹩曾经使我受过一次累，现在我将不去帮助他。让他裸露颤抖，才逞我的心愿呢！"

"羞啊！羞啊！"众鸟都怒叫起来。"枭老先生，你是应该被羞辱的。你如此自私，我们的社会里，将不容你居留，回到你树洞里去罢！"

"是的，回到你的树洞里去罢！"鹰严厉地说，"冬天来了的时候，你将战栗于寒威中，如你今天要让勇敢的鹪鹩战栗一样。你将尽量的卷起你的羽毛，而你的心里，将常常觉得寒冷，因为你的心是自私的。"

于是从那天以后，真真的，枭的羽毛，不再能保持身体的温暖。而鹪鹩则变作最快乐的鸟类了。他被羽族的弟兄和人类所宠爱着。

岩石鹪鹩

说真话的鸽子①

有一次，鸽子和小蝙蝠，同路旅行。天黑以后，陡起风暴，于是这两个小伙伴，想随便找一处隐蔽的地方。但是，所有的鸟类和兽类，都已熟睡于巢里或穴中了。他们没有找到一处欢迎他们的地方，最后，来到了在黑暗中醒着不睡的枭老先生所居住的树穴边。

"让我们推进去罢，"狡猾的蝙蝠说，"我晓得那老东西是不睡的。现在正是他巡游掠食的时光；除出风雨的时间以外，他总是出外去觅食的。——你怎么样？枭先生！"他尖声叫，"你可以让两个风雨中的旅行者进来寄宿一宿吗？"

自私的老枭，很粗暴地吩咐他们进来，但是很担心着他们进来要分享他的晚餐。可怜的鸽子，已经十分疲倦，几乎不能取食；贪婪的蝙蝠，看见食物陈列在他面前，他就兴致勃勃。他是狡诈的东西，即刻花言巧语，奉承他的主人。他赞美枭的智慧和勇敢，华丽和慷慨；虽然，谁都明白：枭先生是既不勇敢，也不华丽的。至于慷慨的话，鸽子和蝙蝠，都还可以记得，枭先生曾经独自拒绝拔一根羽毛，给小小的取火者，帮助他覆被焦灼的颤抖的身体。

所有这些阿谀的辞令，让枭听得很觉开心。他扩张羽毛，想尽量表现聪明、华丽和勇敢的样子。他敦促蝙蝠取食，好证明他确是

① 威尔须的传说。

·48·

候 鸽

十分慷慨的；其实那个狡猾的东西，进来以后，早就自动取食了。

这息辰光，鸽子始终未赘一辞。她极静穆地坐着，凝视蝙蝠，听他虚伪阿谀的说话，极为诧异。突然间，枭转向她。

"至于你啊，粉红眼睛小姐，"他粗莽地说，"你小心地保守静默，你是没趣的桌上伙伴。请啊，你没有什么好说的吗？"

"是的，"恶意的蝙蝠，也请求她，"你难道没有赞美我们仁厚的主人的言辞吗？我想关于他如此出于寻常的慷慨、适意、美味、丰盛、精致的宴会，应该得到一些酬报。你没有什么说的吗？小鸽子啊。"

但是鸽子垂下她的头，羞耻她的伙伴，极简单地说：

"哦，枭先生，我只能用我整个的心来感谢你今夜如此厚意的给我栖止。我为风雨所打击，而你让我进来。我肚里饥饿，而你给我佳美的食物。我不能像蝙蝠那样作美丽阿谀的言辞。我决不效法那种样子。但是我感谢你。"

"什么？"蝙蝠装作惊异的样子叫起来，"你向赐恩给我们的主人所说的话，就尽于此了吗？他难道不是最聪明、最勇敢、最华丽、最慷慨的温和君子吗？你不能像他仁厚地待遇我们一样的赞美他尊贵的性格吗？你的行为，我深引为耻！你不应该受这样的厚遇。你不应该得这样的荫庇。"

鸽子保持静默。像教士祈祷似的，虽然于她有利，但她总不肯说不诚实的话。

"真的，你是一个不堪亲近的客人，"枭詈骂起来，他黄色的眼睛，渐增光芒和凶相，满带愠怒、骄傲和难看的神气，"你是一羽不知感恩图报的鸟类，小姐呀，蝙蝠是对的，你不应受我慷慨的厚遇，以及你所要求的良好的庇护所。你去罢！离开我的居室！到风

带尾鸽

雨中去，随便你守着沉默，或者向风雨甘言奉承罢。离开去，我说！"

"是啊！她去罢！"蝙蝠扑动他膜质的翅膀，附和着说。于是这两只没有心肝的生物，虐待可怜的鸽子，驱逐她到黑暗和风雨的夜色中。

可怜的小鸽子，终夜毫无荫庇，为风雨所打击和摧残，因为她太忠实了，未曾谄媚自大的老枭。迨光明的清晨醒来的时候，她疲惫倦怠地飞到鹰王的庭上，倾吐她昨晚的遭遇。那羽尊贵的鸟，不禁勃然大怒。

"因为他的阿谀和残忍，让蝙蝠只好当太阳落山以后，出来飞行，"他说，"至于枭呢，因为他对待鹡鸰的言行，我已经惩治过他了。从此以后，将没有一种鸟类，再为他们做什么事情。让他们被摒斥，做夜行的掠食者，假如出现在我们面前，可以当仇敌样子的攻击他们，他们只好永远地孤寂了。谄媚和没有情义，奸诈和残虐，还有什么比他更可憎嫌呢？让他们被包围于黑暗中，与快乐光明的白天，永远隔离。至于你，小鸽子啊！这次总算得到一个教训，此后不可再和谄媚的伙伴同道了，他们一定会使你受到磨难。但是，你必须常常爱护你自己的纯洁和真实。你将成为爱情的象征，你的名字，将和世界一样的久远，被写入诗歌之中，与'爱情'协韵①。"

聪明的鹰王说的话，现在都成为事实。所以你们可以晓得，多数西文的诗篇中，用"鸽子"和"爱情"来协韵，并不含有其他特别意义的。

---

① 爱情是 love，鸽子是 dove，故可协韵。

枭与月亮 [1]

　　当月亮浑圆完满的时候，假如你们仔细注意，这个银盘的阴影中，可以看出一位美丽少女的侧向面貌。她向前斜倚，好像在俯视我们的地球，在她甜蜜的嘴唇上，还露着微微的笑容。这个美丽的少女，是月亮里的公主，名字叫作普丽琶荭。她所以这样微笑，因为她记忆着有一次如何欺骗她困惫的恋爱者枭老先生。

　　照马来人所告诉我们的，普丽琶荭是一位极美丽，极美丽的少女——正如我们现在看见她的样子。普丽琶荭和所有的马来少女一样，也喜欢咀嚼能够使人嘴唇变成鲜红色的多汁的槟榔。据她们说，槟榔比任何糖果都要好，比口香糖更为精美更为可贵。所以普丽琶荭是终夜咀嚼槟榔的。

　　羞惭愁闷的枭老先生，自从因为疏忽，致使狡猾的小鹪鹩，逃出狱舍以后，他永远不敢再在太阳光下，显露面目了。他的眼睛逐渐模糊朦胧，直到现在，即使他常常想练习，但是白天已不能看见什么东西了。

　　所以在美丽的太阳光下所遭遇的许多欢乐事情，枭老先生完全没有晓得。但是，早睡的鸟类，对于他独自所娱乐的奇异的景象，也是不明白的。因为在黑夜里，他奇怪的眼睛，反而特别的明亮和

---

[1]　马来的传说。

拉锯鸮

敏锐了。他终日静坐树穴里，一到别种禽鸟集合于栖坫的树林间，或隐匿于小小的巢里，圈伏头颈，沉睡酣眠的时候，枭老先生就戴上他圆圆的眼镜，出去穿过树林和草地，上下于天地间，寻觅食物，并且侦察各种奇异的景象。

而这个就是枭老先生所遇到的：他看见美丽的普丽芭萏公主，从她的月亮里微笑地俯视下面熟睡的禽鸟世界。她可爱的样子，是那些熟睡的禽鸟，所从没有看见过，也是永远不能看见的。

她是如何的美丽啊！如何的光明和奇异啊！枭老先生惊异地睁大了眼睛，于是对她发生了恋慕，决定要去请求她做他的妻子。

普丽芭萏的印象，充溢于他的意识中，愈觉醋甜可爱了。他于是卷起颈部的羽毛，向上飞去，飞去，高到他从没有敢到的地方，终于达到可以和月亮交谈的距离。然后，他用极柔和的音调，向普丽芭萏打招呼。——实则他的声音，随便什么人听起来，都觉得是粗暴的。

"哦，美丽的月亮姑娘，哦，妍艳的公主，你将嫁给我吗？因为我正极深挚地恋慕你啊！"

普丽芭萏公主暂时停止了她槟榔的咀嚼，向下察看有哪个胆大的生物，敢于如此向她求婚。她即刻发现枭先生用他圆睁的眼睛，满怀敬爱地注视着她。他是如此可笑的老东西，他的眼镜在月光中闪动得十分奇怪；于是普丽芭萏公主开始冷笑，并且回答他不能允诺。她笑得异常厉害，她含在嘴里的槟榔核，也几乎被咽下了。

枭先生继续地心旌摇摇，因为他在这个情形下，并没有觉得可笑的事情。他再用粗嘶的声音，反复申说："哦，美丽的月亮姑娘，哦，妍艳的公主，你将嫁给我吗？因为我正极深挚地恋慕你啊！"

月亮公主又是冷笑，又几乎被槟榔核噎住，因为她想这是一种惊人的诙谐。枭先生等待着，但是她没有回答。然而，他是一个有耐心的爱慕者，终夜向公主询问同样的问题，一次又一次，继续不休，直到普丽芭茫十分疲倦了要防止咀嚼槟榔时候的因狂笑而打噎。最后，她只好不耐烦地说：

"哦，睁大眼睛的先生！让我得一刻的舒适罢！你引我大笑，害我不能咀嚼槟榔了。假如你不来滋扰我，让我嚼完槟榔，我当说声'是'，我将和你结婚。但是你必须走开，好让我吃完槟榔。"

于是枭先生浑身是快乐，对公主说："谢谢，谢谢，哦，最华丽的姑娘！我将走开，让你毫不受到扰害，安静地吃完你的槟榔。但是，明天晚上，我将再到这里来，那时候，你当已经吃好，然后你是属于我的了。"

枭先生飞回他树穴中的家里，因为那时候已近黎明，他的眼睛快要盲去，所以他几乎不能觅得归途。普丽芭茫公主，则继续咀嚼她的槟榔，并且对自己说：

"我将如何设法避免这件难事呢？我不能永远咀嚼这颗小小的槟榔；纵然嚼得长久，总有结束的时候。枭先生明天晚上一定会再到这里来，依照我的允诺，我必须变作他的妻子。然而，我决不能嫁给这个年老的大眼睛。唉！唉！我将怎样好呢？"

普丽芭茫公主正在咀嚼她的槟榔，想出了一个计策。她可以将枭老先生永远欺骗着。她将永远不会吃完这颗槟榔。她取尚留存的一小粒——这是很危险的一粒，她除笑的时间以外，已经咀嚼一整夜了——丢出月亮以外，让他落到地上。同时，她念着月亮里的咒语，于是槟榔到达地面的时候，变作一羽小鸟，就是马来人所称的蜜鸟，他有灿烂美丽的羽毛。然后普丽芭茫公主从她的金屋里叫出来：

仓鸮

"飞去啊，美丽鲜明的小鸟！超过你以往的能力，极远极快地飞去，并且切不可遇着枭先生，因为你是必须救出我做他不快乐的妻子的啊。"

蜜鸟就像一条金光灿烂的线，经过马来的树林，远远飞去，隐匿于他小小的巢里。

到了夜里枭先生悄悄外出，戴起眼镜，向天空飞去，飞到他现在希望称呼她作极亲爱的公主那边。

"晚安，我美丽的公主！"他叫，"你已经吃完你的槟榔了吗？而且，你预备实践你的允诺吗？"

但是普丽琶花公主向下注视着他，装作忧愁的样子，虽然她的眼睛，还是闪着活泼的光；她于是说：

"唉！枭先生，可怕的事情发生了。我的槟榔，未曾吃完，却遗失了。它落下去，落下去，我想总是落到地上的。依照我的允诺，要到槟榔吃完的时候，才能嫁你，所以现在是不能嫁你的了。"

"那么一定要去寻觅啊！"枭先生说，"我将去找它。夜间我的目光很敏锐，随便什么东西，都可看见。公主啊，好好的照耀着我，我将为你觅得槟榔，而你仍然是属于我的。"

"那么你去罢，枭先生。"公主带笑地说，"去寻觅我在和你结婚以前所必须吃完的槟榔。小心去寻觅，你可以即刻就找到。"

可怜的枭先生，仔细找寻，终于不能觅得。当然，槟榔已经化作美丽的、异彩的小鸟飞去，他是永远无从找到的了。他终夜搜索，直到太阳升起，迷失了自己栖宿的树穴。他继续搜寻，一夜一夜，经过数日，数月，数年，以至于无数年，仍然没有寻着。普丽琶花微笑地俯视着他，想着她巧妙的计谋，心中十分快乐。

枭先生永远不能发觉这个巧计，也猜疑不到纯洁的小蜜鸟身上。

并且小蜜鸟他几乎没有看见过，因为小蜜鸟是太阳落山就睡觉的，而他自己，却是孤寂的、忧愁的夜行鸟。他走遍世界各处，仍然在寻觅那决不能得到的普丽琶茈公主的槟榔。当他在月光中飞行的时候，他永远恋慕地瞥视月中美丽的姑娘，忧愁绝望地发着"呼呼！呼呼！"的呜咽声。因为经过几世纪以后，他开始恐慌，她将永远不能做他的妻子了。

蜂鸟

黑鸟羽色的由来 ①

　　羽族中春天最早见的②朋友，远古时候，他不是黑色的。真真的，他是洁白的，洁白的，像现在落在草地上的雪那样白。只有极少数的鸟类，有披着完全雪白美丽的衣服的资格，因为这真是极大的荣誉。所以像天鹅、鸽子以及白鸟先生——这是那时候他们称呼黑鸟的名字——对于身上绝无污点的衣服，是颇可自傲的。

　　黑鸟十分快乐和骄傲，终日唱着最欢乐的歌曲。但是，你可以看见，他不是真配负担这件荣誉的，因为他的心里，是很贪婪的。他终于因此蒙受绝大的耻辱，由白鸟变成黑鸟；从此以后，他永远不再骄傲，也不再快乐。现在我将告诉你们，白鸟如何会变成污黑与幽暗，像我们现在所晓得的，几乎与老鸦同样墨黑的样子。

　　有一次，白鸟先生在玫瑰花丛上跳跃作舞，卷起他美丽白色的羽毛，歌唱他自己要使任何人都听见的短诗——"哦，哦，哦咦，看看我啊！"

　　他歌唱着，耸起他的眼睛，向各方察看，有没有谁来赞美他惊奇的白羽毛。

　　但是，突然之间，他的歌声沉入喉际，变作静默，他的视线钉

---

① 法国传说。

② 黑鸟与鸫，及知更雀同类，全身羽毛黑色，故名。我国所产的一种，在南方很普通，就是著名的百舌。

喜鹊

住于近旁的一枝树上。那是一枝枯凋的老树，在最低枝桠上面树干的中心处，有一个小小的圆洞，像你们两个拳头大小。

白鸟看见一样黑的东西，机巧隐秘地进入穴中，于是他觉着奇怪，因为他和多数鸟类一样，是很好奇的。他静坐玫瑰花丛上，注视着，注视着，即刻树穴里攒出一个黑色的头，较白鸟要大些，有两只闪光的聪明的眼睛。

"哦！"白鸟对自己说，"那是母鹊在她老旧巧诈的隐蔽所。她恐怕有珍宝贮藏在这边罢。我将看守着，或许我能发见一些有价值的事情。"

母鹊是最机敏、最狡诈的鸟类，白鸟非常清楚，颇有抽出一些时间来向她学习的价值。所以他十分静默地坐着，直到她嘴里衔着一些东西，悄悄地回来。这样东西是圆形，白色，而且发光好像月亮。白鸟很贪欲地盯住眼睛。

"这是一片银子！"他心里如此想，但是他仍旧极静默地坐着。看母鹊将银子安全地藏入树穴中，跳跃而去，好像还有什么东西要带来的样子。"啊！还有更多的呢！我将守候着，看她再带什么东西来。"白鸟这样说，又是守望着。

的的确确，不多一息工夫，母鹊回来了，带着一样东西，闪耀黄光，有如太阳。

"这是一片金子！"白鸟喘气地说，眼睛瞪出，有如龙虾，他真是妒忌她的好运，但是，他还是很静默地看她进入穴中，然后回出来，和前次一样很急促地向远处的山上飞去。"再一次带什么东西来？"白鸟对自己喃喃私语，"我急于要到树穴中去看看，我不能再长久等待了。"

片刻以后，母鹊第三次回到枯树中来。而且看啊，衔在她嘴里的是什么东西，灿烂闪耀，放射多种光彩，好像丝绒似的花瓣上的一滴露珠。白鸟看见这个光景，几乎因为太过兴奋而从栖息的树枝上跌下来了。

"这是金刚石！"他高声地叫，"哦，真真是一块金刚石啊！"

玫瑰花丛上发出这样的喧声，母鹊的神经受到震动，于是乱七八糟地将金刚石丢入树穴中，她希望没有别人看见，但是小白鸟已经晓得她的地方了。他跳跃到她后面，栖在树穴的口上，并向里面探视。于是他看见里面有一大堆的银子、金子和宝石，母鹊正在想用翅膀遮掩好。

"哦，好一座宝库啊！好一座宝库啊！"他贪婪地说，"母鹊，你必须告诉我从什么地方觅得的，让我可以前去，也取得一些。"

但是母鹊不愿意告诉他。

"哦！"白鸟动怒了，尖声地说，"我们可以看着！我将去叫凶猛的鸟类来，像盗劫的鹰，猎击的隼，以及勇敢的伯劳等，他们一定要夺取你的宝库，并且一同将你杀死。你想起来以为如何，母鹊啊？"

于是母鹊恐惧起来，因为她素来明白这些凶恶的鸟类；她想必须将这个秘密向白鸟公开，因为他已经发现了一半的事实。

"好，好，假如你允诺不去告诉别人，就是伟大的鹰王，也不告诉他，我可以和你讲。"她说。于是白鸟也答应。

"听着，"母鹊说，"你必须先寻得山上最高的栎树旁边平台石下面的地窟，窟中的一隅有个小洞，大小适足以使你或我通过。这就是到地道里的进口，地道一直通到地下的窖室。于是你下去，下去，辽远出于任何人的想象，只有我曾经走过，你可以达到富王的宫里。那边堆满白银、黄金和宝石，像你这里所看见的。当然比

黄翼鹊

起这里的一些些，自然要更为华丽、更为耀眼的了。但是，你还没有见到富王以前，切不可触碰一粒宝石、一块银子，甚至就是一粒小小的金砂也不行。因为最初你必须先给富王做仆役，然后他慷慨起来，让你尽量衔取你嘴所能衔动的珍宝。事情已经完全告诉你。但是要留心，贪婪的白鸟啊！记牢我的忠告，未曾见到富王以前，不要触碰珍宝，否则绝大的祸祟，要轮到你的身上了。"

白鸟允诺照她所说的去做。于是他向青山上最高的栎树飞去。大栎树的近旁，一块孤寂的地方，他发现平坦的岩石下面，有一个地窟，曾经被熊住过的。白鸟开心地跳跃，在角隅上发现如母鹊所说的，有一个小小的圆洞；比苹果真没有大多少。对于母鹊的经过，一定是很觉紧迫的！

白鸟跳跳跃跃，进入穴内，在悠长狭窄的地道里下去，下去，直到他的眼睛失去作用。因为他不像枭先生那样，在黑暗中能够和别处一样，仍然看得很清楚。他盲目地跳跃进去，来到一个大地窟中，有白光射出，好像是月亮照着。这是富王宫中宝库的第一室，那里都是银子，铺砌的是银子，堆积的是银子，闪闪发光的也是银子。白鸟的眼睛为之发光，忍不住想衔取一些。但是，他随即想起母鹊聪明的警告，所以他就在银子的地平砖上跃走，经过一扇银子的门，到第二室里。这里完全流露着太阳似的金光，异常耀眼，使白鸟的黄眼睛，有一息晨光，至于不能看见什么东西。渐渐地他能够看见了，室内好像充满着和他相似的黄眼睛，巨大的黄眼睛，从地板上堆起，碰着天花板。后来，他看顺当了，他明白这些都是金圆，这里是黄金的库藏。

哦，真是奇异的景象！哦，真是黄金的梦啊！他所站立的地板，深积金屑，夹在他的趾间，好像海滩上的黄沙。于是白鸟失却自主，变成疯狂的样子，遗忘了聪明的母鹊的忠告。

"金屑啊，金屑啊，我的宝藏啊！"他一脚立着，跳起跳落的歌唱，"我可以衔取一大口的黄金种子，每一粒种子，都将为我，为我，为我开出黄金的花朵！"你看，他真的完全疯狂了。

他深伸他的嘴于地板上的金屑里，极贪婪地衔满超过能够容纳的一口，于是金屑跌落于他洁白的羽毛上，溅污他的衣饰，直到白鸟变成黄鸟。哦，愚笨、贪婪的东西！噩运就降临到白鸟身上来了。

刚刚这息晨光，地窖中起来一种怒吼声，隆隆然好似地震。一只可怕的龙，进入金库，他是富王库房的守护者。他的眼光红耀如火炭，他的嘴里吐出烟和火焰，所以在他呼吸的前面，金子就会熔解。他一直向可怜的小白鸟冲过来，想吞咽小白鸟。并且高声地叫吼："贼！贼！谁来偷窃我主人的珍宝？我要用我的眼睛来焦灼你！我要用我的呼吸来燃烧你！我要吞咽你进我喉咙头的火炉里。咪，咪，咪！"

火龙已经十分近来，白鸟似乎没有逃避的机会了。但是他惊叫一声以后，带飞带跳，用尽速力向狭隘的地道过去，经过金库和银库，所有的珍宝，都剩落在他后面了。（啊，你们要否晓得放射虹彩的金刚石库是什么情形的。）

白鸟随跳随飞，随飞随跳地逃走，觉到火龙炎热的呼气，已经逼近拢来，焦灼他的羽毛，并有黑烟喷出，熏瞎他的眼睛了。他似乎将被地底的火炉所炙死了。但是地穴已经近在他的面前！当白鸟刚刚跳进地穴的时候，火龙猛烈地向他扑过来，侥幸只有焦灼的尾羽，被他满口衔去。白鸟在地道中，总算平安，平安了，这里是伟大的火龙所不能进来的。在地道中上来，上来，上来，他疲惫地飞扑到可爱的光明的世界上来，然后他发出一种欢乐的啁啾声，庆幸他真

八哥

真的脱离危险了。但是他是如何的疲惫和恐怖啊！

母鹊静栖于树丛上，等待他回来，因为聪明的她，早已推想到，这羽贪婪的白鸟，会有怎样的遭遇。当她看见他的时候，就发着尖声的狂笑。

"哦，白鸟啊，"她冷笑着说，"你可爱的衣服，你没有瑕疵的羽毛，怎么样了！怎么样了！哦，你贪婪的，贪婪的'黑鸟'啊！"

于是白鸟看看自己的身体，发现遭遇了怎样可怖的事情啊！他闭住眼睛，忧愁地粗声哀叫。因为火龙呼吸中的火焰和烟煤，已经将他浑身洁白可爱的羽毛，灼成黑色，所以他不再是白鸟，而变成黑鸟了。

我想母鹊必定将这个故事告诉她的孩儿们，使他们晓得贪婪者的失败。他们又转告光明的法兰西的儿童，我们又从他们那里听来转告你们。所以现在你们可以晓得黑鸟的羽色何以如此暗涩，如此幽黑；并且他的神经，何以十分衰弱；当他在田野间啄食种子的时候，假如有人突然吓他一吓，他就发着恐怖的叫声飞去了。因为他记着那远古以前可怕地追逐他，几乎将他吞咽下去的火龙啊。

可怜的黑鸟哥哥！不要使他晓得我告诉你们这个故事；恐怕他要因此十分羞惭呢。

所罗门王与戴胜 ①

　　所罗门王比任何人都要聪明，他的声名，遍布于耶路撒冷附近的国家之间。他通晓各种不同的语言，他还能和各式各样的生物谈话：不论树木或花草，野兽或禽鸟，爬虫或鱼类。所罗门王一定是非常有趣啊！假如现在的人，能够有这样的智慧，更当如何喜悦？

　　所罗门王特别喜欢鸟类，而且喜欢和他们讲话，因为他们的声调，极为甜蜜，他们的词句，又非常美丽。一天，聪明的王和生活于他美丽的园中的鸟类，欢乐谈笑，下面这些，就是他听见鸟类所讲的。

　　"知足是最大的快乐。"夜莺，最甜蜜的歌者，他这样讴咏。

　　"最好是大多数的人，不要再生育起来。"忧愁的鸽子，咿唔呻吟。

　　快乐的小燕子，发表她的意见："做好事，此后你们可以得到报酬。"

　　粗声的孔雀的意见是："汝裁判人，故汝当被裁判。"

　　戴胜说："他不怜恤别人，别人也不会怜恤他的。"

　　犬儒派的老鸦，反对戴胜的意见："我最最喜欢的，是隔离他人。"

　　当他们讲完这些说话的时候，所罗门王轻轻地拍拍美丽的小鸽

────────────────

①　所罗门（公元前993—前950），以色列王大阉的幼子，以聪明著称。

子的头，并且嘱咐她快乐起来，因为生活终究不是这样可怕的。他又允许她筑巢于他新建造的大庙宇墙下，那是世界上最为美丽辉耀的房子。数年以后，鸽子繁殖极盛，扩张她们的翅膀，可以连合成为帐幔，遮蔽无数到耶路撒冷来瞻仰惊奇庙宇的旅客。

所有这天在园中讲话的羽族歌唱者中，聪明的王特别喜欢敏捷的戴胜，因为他能够用他明晰的目光，看到地底深处，好像地是透明的玻璃造成的；所以他能够发现地下隐藏的活的泉水。这一件事情，对于所罗门王极为便利，当他旅行的时候，他可以在随便什么地方停下来休息，向地下寻得需用的水源。

所以戴胜成为所罗门王亲近的伴侣；最为王所宠爱。戴胜是一种东方的鸟类，约如樫鸟大小，身体为美丽的微红的灰色，系紫褐色和白色的羽毛混合所显现。黑色的翅膀，有白色的横纹。但是戴胜身体上最特殊的东西，是他黄褐色羽毛所成的羽冠，小小的鸟儿，头

戴 胜

上装着高高的羽冠，这是多么有趣。下面就是戴胜羽冠由来的故事。

一天，所罗门王出发旅行，经过沙漠，苦于太阳焦灼的炎热，几乎昏厥晕倒。这时候，恰恰看见一群戴胜飞过，于是所罗门王轻轻唤住他们，要求他们为他遮蔽炎热的光线。

戴胜的王，就召集他所有的种族，密集所罗门王头上的空中，使他在旅程中，好像有密云遮着，可以避去焦热。聪明的王，于感激之余，允诺他的羽族朋友，可以给他们随便什么要求。

戴胜们关于这个要求，自己讨论终日，于是他们的王，来到所罗门王面前说：

"我们已经忖度过你的意见，哦，豁达大度的王啊，我们已经决定，那是我们多数所同意的，我们要头上有一个黄金的冠。"

所罗门王微笑地回答他们："你们可以有黄金的冠。但是，你们实在是愚笨的鸟类，我的戴胜啊！因为你们愚笨的欲望，不幸的日子，就要临到你们身上。那时候，回到这里来，我仍旧可以帮助你们。"

戴胜的王，头上装着美丽的金冠，就与所罗门王告别。不久，所有的戴胜，都装上美丽的金冠。因此，他们变作十分的骄横和高傲。他们高视阔步于湖边，以便在明湖的镜子里，赞美自己的美丽。尤其是戴胜的王后，变作异常的倨傲矜持，不再愿和她的堂兄弟辈，以及以前曾经和她做过朋友的别种鸟类，互相应酬。

有一个捕鸟的人，他是使用鸟阱的。他在陷阱中，放下一面破镜子，一羽戴胜，发现了镜子，跑去赞美自己，就被捕住。猎者看到她头上华耀的冠，自言自语道："这是什么东西？我从没有见过任何鸟类，生着这样的冠的。我必须去问问人家看。"

于是他拿到一个以萨迦①金匠那里去，问他是什么东西。以萨迦

---

① 住在约旦河以西的巴勒斯坦 12 民族之一。

人目光炯炯地细致考验一下，他淡淡地说："这是黄铜的冠，我的朋友。我就给你四分之一瑟克尔①，和你买了罢。假如你再有捕到，也可以拿到我这里来。"

从这以后，猎者用同样方法，捕得许多戴胜，将他们的冠，卖给以萨迦人。有一天，他到金匠的店里去，路上遇着一个珠宝商人，他就将戴胜的冠给他看。

"这是什么东西，你在哪里寻到的？"珠宝商人惊叫起来，"这是纯粹的黄金。你带来给我看的四个，我将每个给你一枚金坦能特。"②

当时，戴胜金冠的价值，既然被大家知道，于是大家都变成猎者，去捕取这种珍贵的鸟类。所有以色列的土地上，随处有弓弦声和飞石声听见。每个城市中，都有鸟羁制造；鸟阱的价值，大大增高，于是制鸟阱的，都变成富人了。戴胜显示他不幸的头，没有一羽能够不被屠杀或拘囚的，所以这时候的戴胜，都是命在旦夕，危险万状。照这样趋势推演下去，似乎不久以后，世界上就再没有一羽戴胜，能够哀哭他们悲愁的命运了。

最后，仅存的几羽戴胜，聚集会议，讨论他们应付的方法。这时候，他们心里，真是充满了悲哀和惊慌。他们决定只有再去询问允诺他们以愚笨的祈求的所罗门王。

不快乐的戴胜王，偷偷飞过寂静的路途，来到所罗门王的朝廷上，立在黄金的宝座前面的阶沿上，涕泣悲诉他金冠的种族，遭到了忧愁的命运。

所罗门王很仁慈的对戴胜王说："听着，我不是警告过你们，要求黄金的冠，是愚笨的欲望吗？虚骄和倨傲，所以你们失败了。但

---

① 犹太古币名，合美币6角2分。
② 一个金坦能特，合300瑟克尔。

是现在因为要纪念你们曾经为我服役的缘故，将使你们黄金的冠，化成羽冠，戴着这个羽冠，你们在地上行走，可以毋庸忧虑了。"

由于这个方法，留存的戴胜，获着救星了。猎者见戴胜的头上，不再装饰黄金的冠，他们就不再射击。从此以后，戴胜能够重新平安无事地繁殖滋生，直到现在。

所罗门王还是时时设法增进他的知识。他对于世界上的一切惊奇，以及各种生物的状态和行为，无所不知。他从事于辽远的旅行，不像我们寻常可怜的人，用重拙的四轮车，和愚笨的船舶，在泥尘的路上和风暴的波涛上行驶。他有绝大的能力，可以毫无困难地纵横空间，远至天涯地角。由于他超人的聪明睿智，发明一种运动的机器，就是最显著的火车，以及印度王子最富丽的轿子，和他比拟起来，都要相形见绌。他很聪明地造了一张广袤十余里的地毯。地毯的中央，安置煊赫的宝座，环绕周围，有金、银和木头的各种座位，给他随行的各级人员就座。还有对于王在旅行中膳食上所需要的富丽的器具和必需的食品，也一样没有缺少。

整备齐全，所罗门王照例坐在他的宝座里，命令风来负行驶的责任。他们即刻和顺地举起地毯，很迅速地经过空中，向指定的地点行去。在旅程中，天空是一队密集的飞鸟，像戴胜所首先做过的，用他们的翅膀，搭成壮丽的天幕，为他们可爱的王避去太阳的炎热。

一天，在这样的旅程中，所罗门王觉到有一条光线，突然从头上羽毛所成的天幕间射下来。所罗门王仰高头来瞥视一下，发现天幕中有一个空洞。因为有一羽鸟，不在这个地方。所罗门王大不高兴，命令鹰去查究怠忽者的姓名。鹰于是心神不宁地查点他同来的鸟类，结果，他很惊惧，发现迷失的鸟就是所罗门王最宠爱的戴胜。

他于是带着惊慌，向最聪明的王报告。

"飞上去，"所罗门王很严厉地吩咐他，"寻找那羽我要惩治的戴胜。我将撕去他的羽毛，叫他感到太阳的炎热，正如因他的疏忽，使我所感到的一样。"

鹰向天上飞去，飞到俯视下面的地球，只像一个滚动的小球。然后他定住翅膀，缓缓翱翔，向各方面注意视察，想发现那个浪游者。不久，他侦察到戴胜很快地从南方飞来。鹰突然下扑，将要用他强壮的爪，很粗暴的擒住这个罪人，但是戴胜请求他因为所罗门王的缘故，须得和平些。

"因为所罗门王的缘故！"鹰叫起来，"你敢直呼被你渎犯的王的名字吗？他发现你走开了，异常动怒，将要极严厉地惩治你呢！"

"引导我到他那边去！"戴胜回答，"我晓得他听见我告诉他所到的地方的时候，他可以饶恕我。"

鹰引导戴胜到王的面前，王怒容满面地坐在宝座里，戴胜身体颤抖，很谦卑地垂下羽毛，但是当所罗门王将要用强力的拳头重击下来的时候，戴胜叫道：

"记得，王啊！那一天你曾允许你的罪人自己申述，所以我也希望不要在你未曾听得我的报告以前受到惩罚！"

"那么，假如我听见你的报告以后，你将希望怎样的赦免呢？"

所罗门王蹙额颦眉的回答。这是他所宠爱的鸟类，他很想找一些理由来饶恕他。

"好的，"戴胜就做他的报告，"我在麦加①，遇见一个熟识的朋友，他告诉我阿拉伯惊奇的示巴王朝，是异常神秘的；我敌不过引诱，就去访问那个黄金和宝石的国家。在那边，真的，我看见最

---

① 麦加，阿拉伯首都。

伟大的宝库，是最好的。哦，王啊！还有比黄金要灿烂，比稀有的宝石要珍贵，我看见蓓尔启斯王后，那个最美丽的王后。"

"告诉我关于这个王后，"所罗门王说，他紧握的拳头松放了。所以照回教徒说，所罗门王旅行耶路撒冷的时候，有一羽鸟，告诉他伟大的王后。

戴胜继续讲述她的势力和荣誉，她的富有，她的智慧，她的美丽，直使所罗门王不禁大声叹息："这似乎是好到太过于珍宝的了！但是我们很想见一见呢！"

于是所罗门王写一封信给蓓尔启斯，嘱咐她随着命运的指示，来到聪明的王的朝廷中。这封信他用香胶来封住，记认着他伟大的签字，给与戴胜说：

"假如你现在所说是真实的，送这封信给蓓尔启斯王后，然后再回来。"

戴胜遵从他的命令去做，像箭一样向南方飞射而去。第二天他来到示巴王后的宫里，看见她装饰得极华丽，坐在许多顾问的中间。戴胜跳跃上去，投掷信函于她的衣裙上，然后飞了回来。

蓓尔启斯王后对于这封神秘信函上大王的签字，凝视复凝视，当她读完这页短信以后，她又郑重地反复把玩。她听到过所罗门王的名声，很热心地想去询问他几个她所有的智巧的疑问，便于证明他究属是否聪明。所以她决定接受所罗门王的邀请，就来到耶路撒冷。

她带同一大队侍从，用骆驼负载香料、黄金和宝石等珍品，作为给与聪明的王的礼物。她比时常向所罗门王垂询的任何妇女，询问更多更好的问题，虽然他认识无数的妇女，而且她们一概是好奇的。

但是所罗门王果真聪明，回答她的问题，一点没有困难。

　　于是她对所罗门王说："我们国里说你如何聪明、如何光荣，都是真话了。仅就我现在所看见的这些，已经比我所听见的还要伟大。你的人民和你的仆役，真快乐，他们时时立在你的面前，看见你的智慧。"

　　她又给王一百二十个金坦能特，那是一笔极大的财富，还有大量的香料，和他种极珍贵的礼物；真是从没有见过像示巴王后所给与所罗门王的礼物那样丰盛的。

　　但是所罗门王的酬报，也是极慷慨的。他给与美丽的蓓尔启斯王后以一切她所悦意和问及的东西，因为他真佩服戴胜第一次所告诉他的这位艳丽华耀的王后。

　　照回教徒的传说，后来蓓尔启斯就和所罗门王结婚，过着很快乐的生活。这是有黄色羽冠的小小的戴胜鸟所做成的，我们可以推想而知，从此以后，所罗门王一定愈加喜欢戴胜鸟了。

戴胜

枭的羽冠 ①

一个黑暗的夜里，枭先生离开他的树穴，走出去找寻他无望的公主的槟榔。刚刚他出去，听到一只瘦长的饥饿的老鼠，爬到他屋里，窃取这孤寂的老鳏夫所贮藏着预备明天用的食物。窃贼拖曳食物到自己洞里，和他女人和孩儿等，做一次盛大的宴会。但是出乎老鼠的意料，枭不久就回来，追踪落在地上的食物碎屑，寻到了鼠穴的门口。

"走出来，窃贼！"枭严厉的叫，"否则我一定要杀死你了。快走出来，归还我明天的食物。"老鼠听见这些恫吓的言辞，惊慌得浑身颤抖。

"唉！"鼠尖声地叫，"我不能奉还你了，因为食物早已给我妻子和饥饿的孩儿们吃光了。请可怜我们罢，我们是都在挨饿啊！"

"呸！"枭骂他，"我没有晓得这些，我只晓得我的食物。既然你已经吃完我的食物，就将你的身体给我作食物罢。"他开始极凶暴的在洞口搔爬泥土。老鼠愈加觉到恐慌。但是突然之间，胡须动动，心中涌出一个计策来。

"请停一停啊！"鼠叫着，"亲爱的，良善的枭先生。容许保全我的生命，我将给你一些东西，价值要胜过好几餐的膳食，那是人类

---

① 日本虾夷的传说。

小长耳鸮

所极珍视的东西，我费去许多的辛苦和劳力，才从他们那里带来的。"

"就听你罢！"枭猖猖然说，"让我们看看是什么东西？"

鼠畏畏缩缩地带着贡献物爬出洞来，你们想这是一件什么东西？不过一个锥子而已！正是一个普通的、光洁的、完整的钻穴用的锥子。

"哦——！"枭叫起来，"我不稀罕那样的东西。那有什么好呢？"对于锥子有什么好处，当时老鼠实在并未想得圆满；不过顷刻之间，他又有另一个观念起来了。

"那样东西啊！哦，那样东西，那是一件极有价值的东西。他能够给你极深刻的愉快。我将指示你如何的工作，但是你必须依照我所说的去做，否则是没有用的。"

"哦——！"枭叫，"继续下去指示给我看罢！"

"好，第一你必须直竖这件东西，尖端向上，在这枝树根边的地上。"

"极是啊。"枭说着，照他意思做好，再等待第二个的动作。

"现在你必须纵跃到树顶上去，然后沿着树干滑下来。"老鼠很庄重的说。枭老先生这时候毫无疑心的信任老鼠的说话，也不再用他的智慧来思考、辨别了。他飞到树顶上，倒向的定着，发出一种"哦，哦！"的通报声，于是用很快的速度，沿树干滑下。中途击撞于树干的节上，头顶起一个肿块。待他达到地上的时候，当然恰恰是撞在老鼠所预先设计好的锥子的尖头上。

枭头上流血，嘴里喊痛，开始追逐老鼠，决定要将他杀死，不再饶恕他了。老鼠极迅速地逃去，但是逃得愈快，心里愈觉恐慌，最后终于被枭所捉住。这羽大鸟卷起羽毛，形容凶暴，即刻要将他撕裂成块了。当时鼠却再请求饶他性命。

雪鴞

"这不过戏谑而已。"鼠哀叫,"仅仅一次无意的戏谑啊!这一次饶我性命,亲爱的枭先生,我将给你一些你真正需要的东西。看看你流血的头啊。这个样子,你将不能走到外边去呢。饶我性命,我将给你一丛可爱的羽冠,可以遮蔽你被人造的东西所刺伤的疤痕。请你让我自由,亲爱的枭先生。"

枭思考片刻,决定接受他的请求。因为他想着普丽琶莼月亮里的公主,以为假如被她看见头上那块可笑的伤痕,他一定要失却最后赢得公主垂爱的机会了。

于是鼠给他一丛精美的羽毛所制成的羽冠,他就一直戴在头上,如我们现在所看见的样子。枭终于将窃贼释放了。然而他们两者间,从此以后,就变成冷落无情的样子,这是你所想象得到的。

卡罗来纳州鹪鹩

孔雀的堂兄弟①

　　很久以前，聪明的所罗门王时代，鸦和雉鸡是至交好友，他们常常比翼而处。现在则雉鸡已经成为孔雀的堂兄弟了——许多鸟以为这是极大的荣誉，因为孔雀是最美丽的鸟类。至于在那时候，雉鸡并不喜欢和孔雀合在一起，因为他是穿着朴素褴褛的旧衣服，他的骄傲的同族，对他觉得羞辱，不愿意别人知道他们是一家。每逢孔雀倨傲地跑过，扩展他奇异扇状的尾羽，用他自大的小眼睛瞥视，谁将来赞扬他美丽的时候，孔雀的堂兄弟和他的朋友——就是鸦，当时还一样是白色的鸟类——将要闪避开去，或者潜匿于树后，刚刚孔雀经过的时候，他们总是用妒忌的眼光去瞧他。孔雀的堂兄弟还要说：

　　"哦，他是如此美丽、如此大方、如此尊贵啊！为什么这样高贵的鸟类，有我这样一个丑劣的堂兄弟呢？"

　　鸦试想安慰他的朋友，对他说："是的，他是华丽。但是你听，他的声音，是如此粗涩难闻啊！并且你看，他的态度，如此傲慢啊！关于他有个极坏的故事。所以我决不会这样的无知，要如此影响名誉的传说，留在我们的家族历史中。"

　　于是鸦将骄傲的孔雀如何获得粗涩声音的一段故事，详详细细

---

① 阿拉伯的传说。

棕尾虹雉

告诉了雉鸡。

亚当①和夏娃，平安地生活在他们美丽的乐园中，撒旦还没有寻得进入园中的路的时候，孔雀是围绕这一对快乐伴侣的生物中最美丽的一个。他的羽毛光耀如珍珠翡翠，他的歌声流利嘹亮，每天被选去歌唱。但是他和现在一样，是极为自大的；撒旦巡经于乐园的墙外，就明白了园中的情形。

"哈！"他对自己说，"这是世界上最自大的生物。我一定可以谄媚他，得便进入园中，行使我的计谋，让我接近孔雀罢。"

撒旦潜至门前，用引诱的声音招呼孔雀：

"哦，最奇异、最美丽的鸟类，你是乐园中的一羽鸟吗？"

"是的，我是乐园中的一个居民，"孔雀骄傲地回答，"但是，你是哪个啊？这样鬼鬼祟祟，好像是恐惧着什么似的。"

"我是被指定去唱赞美诗的天使之一，"狡猾的撒旦回答，"我刚刚来到这幸福的乐园边，发现我第一次看见的最华丽的你，哦，最可爱的鸟！你能够藏匿我在你长虹样的翅膀下带我进墙内去吗？"

"我不敢，"孔雀回答，"上帝禁止任何人到这里来的。他将动怒而且惩戒我。"

"哦，可爱的鸟！"撒旦婉转伶俐地说，"你带我进去，我将告诉你三件神秘的事情，使你可以永远免去疾病、衰老和死亡。"

在这一个允诺上，孔雀深受诱惑，开始怀疑初时的拒绝。于是最后他说：

"我自己不敢让你进来，哦，异乡人，假如你能够实践你的

---

① 犹太神话，上帝抟土为人，名亚当；又造女人名夏娃，使他们同住乐园中，后夏娃听蛇的话，和亚当同食智慧果，于是被上帝逐出乐园，到地上来生活。详见《旧约·创世纪》。本文这一段故事，似从这个神话铺垫而成的。撒旦是天上的恶魔。

允诺，我可以去和蛇商量，他比我聪明得多，容易设法让你进来，不被察觉。"

因此撒旦由孔雀介绍，得以遇见蛇，由蛇设法，进入园中。引诱夏娃摘食智慧果。因为孔雀参与这件不好的工作，所以上帝夺去他美丽的鸣声，逐他出悠闲的乐园，使他在辛苦的世界上，粗涩地鸣叫。他的华丽和他的虚骄，不过令人想及他从远祖带来的耻辱而已。

"所以，"鸦结束他的闲谈，"亲爱的雉鸡，我以为没有理由，我们要妒忌你的堂兄弟？我们是极纯洁的鸟国里的居民，这个至少是我们可以引以为荣的。我异常地喜欢你，因为你不骄傲，而且未曾有过羞惭的事情。"

鸦如此地说，都是从聪明的所罗门王那边学来的。但是孔雀的堂兄弟不能因此得到安慰。褴褛的衣服，攫住了他的心意，他想穿着如此破旧的衣服，敢于做孔雀的堂兄弟，别种鸟类，一定在嘲笑他。照他看起来，孔雀真是逐日逐日地增加傲视和骄慢。

一天，鸦和孔雀的堂兄漫游马来森林中，面对面的遇着了孔雀。鸦坦然注视，矜持地立着；但雉鸡想隐避开去了。然而孔雀早已看见他可怜的同族，并且充满了憎嫌的神气。

他突然立住，用一只脚站起，扩张他有数千眼纹的尾羽，在太阳中闪耀奇光。他又颤动他颈部的羽毛，恶意地顾盼他的小眼睛，然后转向这一对褴褛的生物说：

"啊，离此不远的后面，我丢落着一些旧羽毛。雉鸡，假如你喜欢，可以去取他们来，使你光彩一些，你真褴褛得可憎呢。但是不要穿着他们在我的面前！我不愿看见任何一羽鸟以我丢去的羽毛，作为炫耀。"说完这几句话，孔雀就姗姗然娇步而去。

孔雀的堂兄弟，很愤激地顿足扑翼。假如他是女孩儿，他一定是要涕泣的了。"我不能再立在这里，"他叫着，"我被人看作一个乞丐！被人给旧衣服我穿！鸦，鸦，你假如真是朋友的话，你将帮助我。但是你超然地立在那里，好像和我毫无关系似的，毛都没有动一根！你假如不能当紧要的时候援助朋友，那么，你从所罗门王那里学得的智慧，有什么用处呢？我告诉你，我必须有一些较好的衣服才是，否则我将屈辱而死了。"

"不要发急，"鸦用安慰的口气对他说，"对于这件事情，我久已思考过，现在我自信可以想办法解决。听着，以前我在王宫里寻得画师所用的画笔和颜料盒，珍藏在任何人不能发现的树穴里。我想可以用这些东西。"

"好，好！你用颜料和画笔，将怎样做呢？"孔雀的堂兄弟不能忍耐地叫出来。

"我打算彩画你，油刷你，漆涂你。"鸦安心地说。

"哦，亲爱的鸦！"雄鸡拍拍翅膀而说，"你将使我光耀美丽！你将使我给孔雀看重，这不是吗？你想到这个办法，你真聪明啊！"

"是的，"鸦回答，"我有一天注意过画师在园中工作，所以我能够晓得如何的画画。我将使你如愿变得华丽。但是，你必须感念我的美意。假如你变成一羽盛装美饰的鸟以后，你还能保持我们亲密的交谊吗？当你变得美丽的时候，不要当我是一个丑妇才好呢！"

"亲爱的朋友！"孔雀的堂兄弟亲切地说，"当然我们要一样的美丽。你为我彩画成功以后，我当即刻也为你装饰。啊，我晓得你各样都是精巧的。你将成为一个高超的艺术家，我的朋友！来，我们即刻开始工作罢！"

孔雀

于是甘言奉承的鸦，引导他到树穴中，那边他贮藏着画笔、金彩、洋红和各种东方画师所应用的颜料。"这里就是了，"鸦说，"现在可以让我们看见应该看见的事情了。鸦先生将要变成画师了。"

鸦从事工作，随意蘸刷颜料，有金色、绿色和铜色的虹光。他有孔雀的印象在心里，虽然他没有完全影印那羽奇鸟的色彩，他却试用有堂表关系的金眼，装饰在雄鸡的长尾上。当他完工的时候，他欣赏自己的作品，叫了出来：

"啊，我亲爱的朋友，现在你可以俯首于泉上，看看你的影子。我想，你一定要佩服我技术的精巧了。"

孔雀的堂兄弟很兴奋地匆匆忙忙下至池边，当他看见自己影子的时候，他叫起来："我美丽啊，真美丽啊！何以我很像孔雀那样的美丽呢！确实的，现在他将不再以称我堂兄弟为可耻了。我将进入最文雅、最高尚的一流人物中。天啊！看我可爱的尾羽！看我如燃的羽毛！我必须即刻跑去展示我的新装给孔雀看。假如他要妒忌我的华美，我也不会惊异的。"于是他即刻用尽速力地跑去了。

"慢点，慢点！"鸦叫着，"不要这样快跑，你忘记了事情。你不记得允诺将我涂饰得和你自己一样美丽吗？"

"哦！烦死啦！"忘恩负义的朋友，摇摇他的头回答，"我现在没有做这样事情的闲暇。我必须赶到我的堂兄弟处，因为我们是华丽的鸟族。你应该像一驯良的生物，好好地走过去，在路旁边，可以照孔雀所指示过的，收拾一些羽毛。我确是变成你所视为十分尊贵的一群了。还有，待我羽毛磨损的时候，我也将给你一些。再会罢！"于是他装腔作势地开步而去。

但是鸦跟在他后面，乱动他的翅膀，气愤样子的叫喊："回转来，回转来，实践你所允诺的事情，你自私自利忘恩负义的东西！"他

小嘴乌鸦

并且捉住雉鸡的一根长尾羽。

"不要捉住我的锦羽，莽撞的无赖！"孔雀的堂兄弟凶暴地转向鸦，惊喊起来，"我告诉你没有时间这样无意义地耗费。我自有重要的事情。我要展示我自己在高等的社会中。"

"贱东西！"鸦怒叫着，而且凶暴地冲上前去，想撕取他为忘恩负义的朋友所饰画的羽毛。于是雉鸡疾叫了：

"你要我为你饰画吗？好，站在这里！"

他捡起东方艺术家所用的颜色盒子，掷到可怜的鸦身上，将他纯净清洁的羽毛，弄成污黑。他刻薄地笑着，径自飞到他堂兄弟那边去了。孔雀用骄傲的神情容纳了他，因为他们现在真是羽毛一样华丽的鸟类了。如此，孔雀的堂兄弟竟变成世界上最美丽的鸟类中间的一种。

但是可怜的鸦，现在成为一羽暗昧、阴黑的鸟类了；他穿着被墨水涂污的褴褛破旧的衣服，是我们所熟知的。他的心为他无信义的朋友所破碎，于是变成一个苛刻的狂吠者，在他看来，没有一样东西是好的。他一边飞行，一边"哑，哑"地，用一种不悦的、带讥刺的音调叫喊；好像表示他对于马来鸟永远不能忘怀的鄙夷。

苦马沼泽林莺

伪饰的鸦 ①

　　自从孔雀的堂兄弟，为结交更华美的伙伴的缘故，离开了鸦以后，鸦就变成了极为忧郁悲苦的鸟类。雄鸡现在已是骄傲锦衣的花花公子，他却是鸟类中最丑陋的穿着污黑衣服的一个了。虽然他故意不想再记起这些事情，然而终于难以忘怀。他决不能遗忘，孔雀的堂兄弟在允诺彩画他和他自己一样的鲜美奇丽之后，如何地污刷了他，使他变成这样晦涩幽暗的色泽。他再不能妄想，有长虹那样华耀的羽毛，或获得一条修长的燕尾，使他变成美丽的式样。他想鸟国里要是有一个缝衣匠的话，他可以做一袭新衣服来穿穿。但是无望！除始终是丑劣的老鸦样子以外，还有什么方法呢？

　　这个念头占据他的心田，他郁郁不乐，痴呆地走去，终于变成真的有一些疯狂的样子。他所思念的只有一件事，就是衣服、衣服、衣服而已。这样聚精会神专心一意的思想，实在是愚事。孔雀的堂兄弟有一句话，在他的记忆里不会遗忘。雄鸡告诉他聚集落下的孔雀羽，装饰他的身体，成为美丽的样子。起初鸦记起这一句话，很是愁闷，因为其间含蓄他老友忘恩负义的心。随后他记起这一句话，有些羞惭，因为其间是含蓄着傲慢的意思。最后他记起这一句话，觉到快乐，因为其间给了他一个观念。这个观念逐渐逐渐的扩大起

---

① 俄国的传说。

来，终于成为了一种策略。

一天，他忧郁地坐在树上，看着孔雀和他的堂兄弟在草茵上很骄傲地招摇而过的时候，他的策略完成了。他们经过鸦的下面，落下两枚美丽的羽毛，委弃于草上，在太阳光中，反射几百种颜色。

"孔雀族的羽毛是为我脱下来的！"鸦哑哑地对自己说，"我是只有搜求别的羽毛来装饰的吗？或许我可以聚集各种鸟类的羽毛，来遮掩我墨黑的衣服。哈哈！我有办法了。"这个就是鸦的计策。他从鸟国的每个居民身上，偷窃了一枚羽毛，他想这样可以使他自己比孔雀的堂兄弟更为美丽。

现在鸦是一个熟练的窃贼了。他能够在掌库者的面前，窃取王桌上的银货。他能够乘妇人倦于工作而假寐的时候，窃取她指上的戒指。他能够当书记官思考一个字的拼法，或搔首休息的时候，窃取他搁在耳后的笔。所以鸦他想确确实实可以毫无困难偷取各种鸟类的羽毛了。

当孔雀和他的堂兄弟已经走过的时候，鸦突然扑下去，扑取地上这两枚羽毛，他就这样开始收集，贮藏于树穴中，然后再出发去搜取别的羽毛。

这件事情对于鸦颇有兴味，他几乎忘记这是很卑劣的行为。他跟着鸵鸟老妇人，经过许多时候，才敢从她的尾上，撕取一撮羽毛。他毕竟是成功的，虽然她可怕地尖声叫喊，并且即刻反转身来，但是敏捷的窃贼，早已逃去隐匿在一丛灌木下面，使她无法捉住了。用同样的方法，他从极乐鸟、鹦鹉、雄鸡等处，得到各种可爱的羽毛。他掠取知更雀的挂肩，戴胜的羽冠，以及一枝他所恋望已久的燕尾。他又从红鹤取一些蔷薇红，从金鹇取一些金彩，从绵凫取一些灰色绒毛。他也偷蓝鸟、红雀和黄鸟的羽毛；而且没有一种生羽毛的生

马尾鹦鹉

物，能够逃过他机巧的嘴的啄取。最后，他的树穴，充满各种颜色、长短、软硬不同的羽毛，变成一只华丽的羽毛状，使人见了要眩眼欲睡的样子。

然后鸦停止收集而开始做他五彩的衣服。他本是一种极聪明的鸟类，所以能够做成一件很奇异的衣服。这件衣服，并没有特殊的模型和格式的依据，完全不像各种鸟类所穿的样子。只是按照他自己的幻想，将羽毛各式各样的安放着。有些突起，有些向下；有些修直，有些卷曲；有些低垂在他的脚上，有些美丽地弯曲在他的头上；还有一些拖曳在身后。他的身体，从顶到趾，完全遮好，所以不再有一点墨黑的羽毛，显露于华丽衣服的外面。他穿着红色的挂肩，燕形的美尾；那是当然的，在他头上，还有一个羽冠。从没有看见过比他更奇异的样子，也没有一羽鸟比他更虚饰的了。或许他并不是一种最好的尝试，然而他的尝试，至少是很惊奇的。

各样工作都完成以后，鸦走到清泉的镜子边，照照自己，于是他很快乐。

"现在好了！"他叫，"我是怎样的一羽鸟啊？我相信，将没有一羽鸟会认出我，这真是好啊。现在我已如此美丽，我将拒绝任何一羽鸟再看到我的原形。哦，这样也应给自大的孔雀族一些印象了！我是一个自己创造的人。我是一个知道应用材料的艺术家。我是一个有发明天才的人。就是所罗门王，他也将惊奇我的华耀。而且那一羽鹰，就是鸟类的王，他一定会微生妒意。鸟类的王，真实的！现在我应该成为王了。没有别个穿过像我这样美丽的衣服。照正理讲起来，我应当成为鸟王。我将做鸟类的王了！"

你们看可怜的老鸦，异常热衷于他唯一的意念中。

他缓步出发，到鸟国里去展示他华耀的羽毛，并使他被选为鸟王。他第一个遇见的，是孔雀和他的堂兄弟——他是曾经做过鸦的好友的。当他们走过来的时候，鸦特意耸起他最美丽的衣饰。

"好艳丽啊！那羽极奇异的鸟是谁啊？"孔雀嗫嚅地说，"他必定是远地方来的极高贵的一位。"

"如此的美丽啊！"他愚昧的堂兄弟喃喃而语，"如此的奇特啊！如此的迷魂啊！如此的显著啊！我希望鸦当初能够装饰我像那位一样！"鸦听到这些说话，充满骄傲，他摇曳而过，对于他的老友，投射轻蔑的一瞥。

次之，他遇见在草里啄食虱子的小雀："回避开去，小鸟儿，我是王啊。"鸦目空一切地叫喊。

"王啊！"雀有些惴惴然，几乎被一个肥壮的虱子所噎住，他是如此的惊慌，"我没有晓得王穿这样的衣服，如此的华丽——但是又如此的离奇呢！"

次之鸦遇着鹳先生，他庄严地一脚独立，正在思想今夜到湖边草舍中去携带婴孩的一事。当这个奇怪的陌生客人走近的时候，他看来非常惊异。

"奇怪啊！"他叫出来，"我们这里有谁是这样的？虽然鸟国里的居民，我完全认识，但是我从没有见过如此杂彩离奇的鸟。"

"我是王，我将做新的鸟王。"鸦自己宣称，"这里有更比我华丽的鸟类吗？"

"真的呀，我想是没有的，"鹳庄严地说，"山鹬是极愚笨的，假如他想试学时髦，也是可以，但不晓得他将怎样做呢！"

但是鸦已经走过，没有听见鹳的讥刺。

他通过鸟国，他的身后，跟随一大群的羽族人民，呶呶扰扰，哨鸣叫笑，像尾追到竞技场去的群众。所有鸟类，大的和小的，朴

鱼鸦

素的和美丽的，都结队成群，来看这位穿着离奇的衣服，口里自称为王的诧异的生客。他们中间，有些想他真是美丽，有些想他真是滑稽可笑。有些妒忌他，有些嘲笑他。但他们都是愕然凝视，他们愈是注视，鸦愈加自满，愈加确定王位是属于他的了。

最后他们走到鹰的面前。那羽王鸟高栖在峻峭的巢上。他的下面是这一群密集的众鸟，等待看鸦要求王位的时候，将发生什么事情。由于小蜂鸟的传达，鹰早已得知这件事情的信息。他形貌十分威严，并且含有轻蔑一切的神气。燕子一圈圈的飞绕空中，兴奋地鸣叫，转一个圆周，总低降地面一些。燕子正在愤怒，因为他美丽的燕尾，不知被哪个窃去了。

顷刻之间，鸦昂首前进，竖起他无礼的目光，对着鹰王说："哦，哦，老年的高栖者！你的王冠和仪仗，应该给我，因为我是鸟王，而你不再是了。看看我华丽的衣服；看看你自己暗色的羽毛，我不是更有王者的姿态吗？"

王不做回答，仅凛然地凝视着鸦。但燕子抢上来说了。

"看他罢，真的看他啊，哦，王呢！"燕子惊喊，"关于他王者样子的羽毛，有一些奇怪。那个燕尾是我的，我认识的！"于是凶猛地一扯，燕子将鸦特别骄傲的长尾拉出了。哦，疯狂的老鸟，如何的大怒惊叫啊！同时戴胜走上来说："呀！我想起了，我也认识我的特征的。这是我的羽冠。"于是他即刻抢去鸦额上高耸的羽毛，让他的丑态完全显露了。次之温和的知更雀索还他的挂肩，蓝鸟取转他的苍穹色羽毛，鸵鸟收回她所痛惜的练尾。各种鸟类轮流交换，带说带骂地急急忙忙取回他或她先前被掠去的羽毛，终于鸦仍旧穿着墨色的老旧衣服，立在他们面前，成为一羽羞耻、酸楚的鸟类。他们用嘴啄他，用爪抓他，连他自己朴素老旧的衣服，也擦伤扯裂。

长腿鹰

"哦，哦，哈哈！不过是老鸦而已！"众鸟异口同声地惊喊。鸟王也不禁笑出来，他们想这件事情真是有趣啊。因为鸟王对于尊号的暂时被夺，并不介意，所以关于众鸟们少许羽毛的被窃，当然更毋庸悲哀，尤其是现在已经各归其主了。他们欣欣然歌唱着，都飞回自己的巢里去，只让鸦独自在那里羞惭酸楚。

恰在这个时候，孔雀和他的堂兄弟，气急喘喘地跑上来。

"哦，什么样呀？什么事情？刚刚这些喧噪是什么呀？"孔雀询问。

"哦，那个美丽、高贵、华耀、显著、文雅、艳丽、时髦、长尾、王者样子的生客，后来怎样了？"孔雀的堂兄弟蔼然可亲地对着鸦发问，因为他也刚刚挤入高等社会中。

鸦在路旁看着他，他的疯狂统统没有了，他看起来是何其、何其愚昧的生物呀！

"他是一个愚人，穿着愚人的衣服。"鸦哑哑地说，"他是无以复加的了。但在了结之前，他嘱托我将这些东西还给你们，说：'美丽的羽毛，不能造成美丽的鸟。'"说着他将两枚长羽——就是他最初所收集，而现在仅有的留在伪装的鸦身上的——退还这一对鸟儿。

然后一声粗涩的哑哑声，他飞回自己的树上。他是一羽不快乐的鸟了。但是从此以后，他不再疯狂地认为衣服是世界上最重要的事情了。

鹳先生和鹭小姐的恋爱 ①

这是一个极好的临睡以前诵读的故事。假如你们要问什么缘故，我只能告诉你们，在你们读到这个故事的末尾以前，自然能够发现。

有一个美丽、长腿、静娴的鹭小姐，她生活于泥泞、湿润、阴暗的沼泽中。鹭小姐孤单地生活在沼泽中，以捕取小鱼为活；她十分快乐，从没有梦见过她是寂寞的，因为没有一个告诉过她什么是寂寞。她喜欢涉过清凉的水；当她用一只脚立着，静思数千里以外的事情时候，她喜欢突然捉住游泳的小鱼。并且当她恰恰空啄一口的时候，她喜欢看看自己青色长脚映在水中的影子。

一天，鹳先生飞过鹭小姐所居住的泥泞、湿润、阴暗的沼泽，他也看见水中反射的鹭小姐影子。于是他对自己说："我的天！她是如此美丽啊！我惊奇我以前从没有注意过她。在她的周围，只有这样污秽、潮湿的泥泞，阴暗的沼泽，她一定是如此的寂寞啊！我将请求她来和我共同享受我烟囱顶上的精美、温暖、干燥的巢。假如讲真话，实在因为在那里只有我独自一个，未免太嫌寂寞了，为什么我们不能成为一对佳偶呢？我们两者都是长脚的生物。"

鹳先生回到自己家里，他是一厢情愿，他毫无别种想头，只以

---

① 俄国的传说。

为他一次的请求，就可以使鹭小姐接受。他修刷羽毛，尽自己所能，做成美丽的样子，然后摇曳长脚，一直飞到鹭小姐一脚立着等待用自力捕得晚餐的泥泞、阴暗的沼泽里。

"咦啊！"鹳先生文雅地扑动他的翅膀而说，"晚上好，鹭小姐，我们都好啊。是吗，但是这下面是如此可怕的潮湿啊！我想你美丽修直的腿，将因感受风湿而弯曲了。我有一个安全干燥的巢在屋顶上呢。"

"呸，呸！"鹭小姐用轻视的态度说。

但是鹳先生装作没有听见，他继续郑重地说："一间美丽干燥的房子，我极喜欢和你共有。来，鹭小姐！我是一个寂寞孤独的男子，而你是一个寂寞的老处女——"

白 鹭

"寂寞的老处女，是真的！"鹭小姐惊叫起来，打断他的说话，"我没有晓得什么是寂寞。你管你去罢！"她用翅膀泼水到他身上，她是大怒呢。

可怜的鹳先生，对于这个美意的访问的反感，觉得十分扫兴。他也没有和鹭小姐告别，就回到他自己屋顶上的巢里。

鹭小姐看他飞出视线之外，不久就开始思念。他曾说她寂寞，她是寂寞吗？是啊，或许他所晓得的比她多，因为他是极聪明的鸟类。或许她是寂寞，现在她刚刚想到这些。但是没有理由，何以她要去居住在屋顶上呆笨、干燥、老旧的巢里呢？何以他不来居住在她可爱的泥泞、湿润、阴暗的沼泽中呢？那是极快乐的，因为他是有美丽的长腿的好伴侣，而且这里的鱼也足够两个分食。还有，他可以为他的家人捕鱼；更加可以来赞美她水中的影子，是的，她的心被引动了。她将去访问他。她瞥视一下水中的影子，又修饰几枚刚才动气而乱杂的羽毛。于是她出发追寻鹳先生。

鹳先生去得并没有十分远，因为被爱人所拒绝摒弃，他处于倦怠的状态。所以远在他可以望见自己巢的时候，便被鹭小姐追到了。

"晚安，鹳先生。"鹭小姐活泼泼地说，"我对于你刚才所说的，已经认真考虑一番，或许是我太暴躁些。告诉你，先生，我是被寂寞缠住了，你现在总算提醒我了。我非常同意我该有一个快乐的伴侣。我已经准备，先生，赞成你的提议。但是当然不想变换我的寓所。我的沼泽是一个处女所知的最美丽的家，决不能因任何理由而放弃它。像你在烟囱顶上丑劣老旧的巢，更不用说了，我没有忍耐力去适应那样的住所。"

鹳先生渐渐转成愤怒的样子，但是她没有注意到。"现在你可以来居住于我的沼泽中，"鹭小姐亲密地继续说，"你将很欢迎地为我捕鱼，而且看我水镜里的影子。这样真是极美极佳的啊！"

"极美极佳的！"鹳叫出来，"我也应该说许多！你能够想到什么，小姐啊？我将舍弃我屋顶上，接近温暖烟囱的安舒的家，居住在你惹嫌的湿润的泥泞的沼泽里！哈哈！那是真太足以令人发噱了！我和你道声早安罢。"他再深深地一鞠躬，转身飞去了。

鹭小姐飞回她的沼泽，有点呆滞忧郁的样子，因为她曾经离开这里，去和没有情义的东西讲话。但是当她刚刚取食迟到的夜宵时候，鹳先生幽暗的影子，重复出现于她面前的镜子里，而且她又听见他道歉的声音。

"啊，啊！"他开始说，"我希望我祝你好，鹭小姐！啊，我对于你俯就屈驾的言辞，已经细致思考过，发现是我太暴躁了。你是如此良善，可以确信，我们应做一对快乐的伴侣。我真应该我真应该！而你也是一样，"他很恩爱地一鞠躬，"对于参加你的社会中的欢乐，早已令人想到了。于是乎，来罢，鹭小姐，为什么我们愚笨地拘执于区区的小事，而不能结为快乐的佳偶呢？做我的妻子，来和我住在我可爱的巢里。"

讲到这里的时候，鹭小姐轻轻的惊喊出来："你离去罢，你这个无赖！即刻离开我的住宅！"而且她凶暴地扑动她的翅膀，于是鹳先生只好再回到他自己家里。

他去了以后，鹭小姐发现她自己刚才脾气太坏了，并且想只需她假如能够顺和一些，他们应该如何的快乐啊。所以她就展开美丽蓝色的翅膀，飞向鹳先生所居住的屋顶，栖息烟囱上，向他说：

"哦，鹳先生，我真性情躁烈，太无礼貌，请你饶恕罢！让我们依旧结为朋友。离开这热闷、老旧、拙笨的屋顶，去居住于我凉爽、湿润、阴暗的沼泽中，我将做你极可爱的小小的妻子。"

树林鹳

但是鹳先生从他的巢里立起来，用力地扑动他的翅膀，并且叫："去罢！不要来到这里污辱我美丽的家屋。我说，离开，到你泥泞、湿润、令人患风湿病的沼泽里去罢。我不再需要你了！"

　　于是鹭小姐凄凉地飞回她水湿的沼泽里，她真的开始感到寂寞了。而鹳先生也是真的开始感到寂寞；并且他是忧愁，因为他莽撞了一位女子。他立即再飞到泥泞、湿润的沼泽里，在那里他看见鹭小姐刚刚预备就寝。

　　"哦，亲爱的鹭小姐！"他叫，"我犯下大错，关于这个，我真的忧愁。如你允许，来做我可爱的妻子罢。从此以后我们可以时常住在和暖的烟囱顶上，高在众鸟以上，过着快乐的生活。而且我将永不再冒犯你。"

　　但是鹭小姐回答他："你去罢！我要睡觉了。我因为你的叫声，有点感到疲倦，让我独自一个的好！"鹳先生就带怒的飞去。

　　但是鹭小姐不能入睡，她十分地寂寞。于是她起来，飞过静寂的黑夜的空中，再到建筑在高处的鹳先生巢上。

　　"亲爱的鹳先生，来啊，"她用极甜蜜的音调说，"来到你亲爱的妻子湿润、泥泞、阴暗的沼泽中的家里，我的性情将变好的。"

　　鹳先生却装作睡着，仅以鼾声来回答。所以鹭小姐就带怒气回到家里。但是鹳先生并不能真的睡着，他是十分地寂寞。所以他起来，飞过寂静的黑夜的空中，再到沼泽中鹭小姐的家里。

　　"来啊，我的爱，"他说，"来到你亲爱的丈夫家里，我的性情将变好的。"

　　但是鹭小姐没有回答，装作沉沉熟睡。所以鹳先生带怒气飞回家去。然而鹭小姐不能真的熟睡，她是十分寂寞。所以她当黎明的时候就起身了，飞过清晨凉爽的空中，再到鹳先生的巢里。

"来啊，亲爱的鹳先生，"她说，"来到你亲爱的妻子家里，我将变好的。"

但鹳先生没有回答，他是十分愤怒。所以鹭小姐也带怒气飞回家里。

读到这里，你假如没有睡着，你可以自己将这个故事，再继续演述下去。你可以仅你觉醒的时间，继续演述。因为这个故事，是没有终结的，一直没有终结。直到现在，鹳先生仍旧寂寞地居住于他的屋顶上，鹭小姐仍旧寂寞地居住于她的沼泽中。他们两个都生活在寂寞之中。但是因为他们缺乏灵活，所以他们永远不能同时赞同同一件事情。他们飞来飞去，反复讲述，一次又一次，没有穷尽的时候。

雪鹭

母鸡与鳄鱼 ①

鳄鱼的生活，是永远觉得饥饿的。当他找寻食物的时候，他几乎吞食所遇到的任何东西。有时候，他在匆忙中误将石子和木头，当作食物饕餮咽下。当他用双颚咀嚼食物的时候，发出可怕的声音，使别种动物，都极敏感地悄然遁避，直到鳄鱼先生熟睡的时候，才敢出来。他很懒于离开他居住的江湖，摇曳远行，寻觅食物。不论什么动物，或者就是游泳的人，都晓得进入鳄鱼常住的水中，要非常小心谨慎。他浮在水上，好像绿褐色的，多节的木头，有小小的明亮的眼睛注视四周东西的移动。水面以下，两片巨大的颚，广阔地张开，预备吞咽他的俘虏物。

但是不论鳄鱼怎样得饥饿，他总不碰母鸡，即使母鸡在他的嘴边。这是刚果河边的黑种人所告诉我们的。他们是这种大爬虫动物的近邻，所以能够晓得关于他的一切事情。现在这里就是他们说明为什么鳄鱼不会取食母鸡的故事。

古时候有一只普通的、矮壮的、咯咯而鸣的母鸡，她每天到繁生昆虫的湿润的河岸边啄取食物。她没有晓得刚果河是全非洲中最巨大、最凶暴、最多鳞甲、最会饥饿的鳄鱼的家乡。一天，她和平时一样的到水边去的时候，她看见有一段好像附生苔藓的木头，浮

---

① 非洲刚果的传说。

家鸡

在水上，于是她对自己说：

"呀！这是一段美味的老旧木头。我晓得，一定富有肥壮多汁的小虫，我可以饱餐一顿了。"

笃笃笃！咯咯咯！开始在粗糙的木头皮上用爪来爬，用嘴来啄。多么危险啊！突然之间，她觉得动摇头眩，像晕船的样子。木头卷曲翻转，浮沉不定，宛似大风暴中的船舶。在她明白究竟遭遇什么事情以前，可怜的母鸡，已经落在水中，流入可怕的鳄鱼的嘴里了。

"哈，哈！"鳄鱼粗声地叫，"你和别种愚笨的生物同样，当作我是木头。但我不是木头，鸡夫人，现在你可以明白了罢。我是饥饿的鳄鱼，你将变成我今晚第五次的夜宵。"

母鸡惊惧到几乎死去，但是她心神还能镇定，当鳄鱼巨大的双颚，大大张开要将她吞咽的时候，她狂暴地叫起来：

"哦，哥哥，不要这样啊！"

鳄鱼惊奇于听见母鸡称呼他为哥哥，大张上下颚，暂时忘记了吞咽食物。张了一段时间双颚，他又记起饥饿的感觉，但是他已经没有什么东西好吃了。因为母鸡早已极快地跳跃逸去。

"奇怪！"鳄鱼鼓鼻作声，"她的哥哥，我不是她的哥哥，而她倒十分晓得。多么愚笨啊，我被这样一句话所凝滞了。且等着，我将再捉住她，于是我们可以看看，我将做她的哥哥！"于是他怀着愠怒游去，在刚果河的泥里，隐藏他的屈辱，只有他长鼻的尖端，露出泥外，好像通气孔，便于呼吸空气。

这次虽然母鸡异常危险，仅幸免于难，但是还未能给她教训。几日以后，她又走到河里去，因为她敌不过她所晓得的，在那边有肥美好吃的虫可以寻得到的引诱。不过她的眼睛极敏锐的四周视察，有否带绿色的木头，浮在水上，她对自己说："这一次饥饿的老鳄鱼不会再乘虚捉住我了。我已经明白他奸恶的诡计！"

但这次鳄鱼不是像一根带绿色的木头，浮在水上。他是极静默的隐藏于几许高长的芦苇后面的河岸泥中。鸡夫人带跳带跃地来到河里，表现出一种肥壮的富引诱性的样子。她又似乎很聪明，耸起了头，注视于一侧，好像侦见她心目中的仇敌，真的浮了起来。当她在柔软的泥上爬搔，嬉笑地想自己如何聪明的时候，突然粗率作响的鳄鱼，向她扑过来，又一次，在她明白以前，她发现自己在可怕的鳄鱼口边，被双列尖长的、白色的牙齿所恐吓着。

"哦！"鳄鱼发刮刺声说，"这一次你将不能逃过我了。我是一根木头，我是吗？再看看我，鸡夫人。我是一根木头吗？"他已经来到她面前，即刻要将她吞下。

但是母鸡仍旧尖声的叫："哦，哥哥，不要这样啊！"

鳄鱼再次中止吞食了，被这句出乎寻常的说话所惊讶。"哦，母鸡的哥哥！"他叫，"她到底什么意思呢？为什么我能够做她的哥哥？她住在陆上，我住在水里，两样异常不相类似的东西，如何可以？如何可以？"正当他思想这些如何如何的时候，母鸡又一次设法逃去，极快地跑回她的屋里。

于是鳄鱼真发怒了。他决定去拜会聪明的巫女恩赞俾公主，询问这件事情。她当能告诉他一切的缘故。但是到她宫里有极远的路，他在陆上行走，又是极拙笨、极迟钝的。他还走得没有十分远，已经力竭气喘，于是就在一棵香蕉树下，止住休息。

当他气急喘喘，向树荫卧下的时候，看见他的朋友大蜥蜴孟斑俾，在草丛上很匆忙地经过。

"哦，孟斑俾！"饥饿的鳄鱼向她招呼，"请停下来休息一下，我要和你讲话，我正在极大的烦恼中呢！"

　　大蜥蜴走近前来，极聪明地摇动她的头，因为她很喜欢和巨大的鳄鱼见面。"亲爱的朋友，你现在为什么会至于烦恼呢？"她可爱地说，"确确实实，我想不会有粗暴鲁莽的东西，敢来触犯刚果河的王罢！但是告诉我你的烦闷，或许我能够为你解释。"

　　"然则，请听我讲。"鳄鱼说，"差不多每天是一羽肥美的母鸡——哦，孟斑俾！极为可爱和富有引诱性的肥壮啊！——来到我的江边觅食。啊，你可以问，为什么我不取她作食物呢？现在听着：每一次正当我将她捉住，刚刚要送到我肚里的时候，她称我为'哥哥'，惊骇了我。你有否听见过如此疯狂的称呼？因为这样的话，我两次被她逃去。但是我不能再久待，所以现在要到恩赞俾公主那边去，详细地问问她看。"

　　"愚笨的呆子！"孟斑俾不很客气地叫，"你不要做那种事情，你将在恩赞俾公主面前出丑，表示你是一个最拙劣的东西了。你没有晓得吗？亲爱的鳄鱼，鸭虽然不是鱼，也不是爬虫，但生活于水中，而且是产卵的。龟也是同样，然而她并不是鸟。母鸡是产卵的，正如我所做的，而我是孟斑俾，巨大的蜥蜴。至于你，亲爱的老鳄鱼，此刻你可以晓得——"她极小心的低声说，看看周围没有一个听见——"刚果河岸的沙上，鳄鱼夫人正在挖掘隐藏的巢穴，用叶遮蔽六个光滑白色的卵，以避免你们的仇敌。几星期后，就会跑出六条摇摇摆摆的小鳄鱼，你们亲爱的、多鳞的、善会饥饿的孩儿。这不是吗？我们都是产卵的；我愚笨的朋友，在这样的意义上，所以我们都是弟兄，如母鸡所说的啊！"

　　"她啊！"鳄鱼敏慧地低声说，"我请求你，不要提起我自己的，那是我司空见惯的了。你所说的都是正确无疑的。"他思考片刻以后，沉吟地添加这几句话，"那么我想应该抛弃以母鸡为食的诱惑。

我不能吞吃我的妹妹的罢？"

"当然你不可以的，"孟斑俾说着，沙沙地经过草丛而去，"我们不能尽有这世界上心中所要的东西啊。"

"是啊，我看我们是不能的。"鳄鱼叹息着说，就蹒跚地走回刚果河的堤岸。于是在原来的地点，他发现母鸡晓得他不在家里，所以极贪欲地尽量啄取甲虫的蛴螬、蝇蚋和蚊虫，变成异常肥壮，当他走近的时候，她逃走也很不便利了，只能呆呆立住，柔弱地尖声叫喊，并且拍动她圆钝的翅膀。

但是鳄鱼仅仅说："晚安，妹妹啊！"态度很文雅，经过她的旁边，摇动巨大的尾巴，拨起波纹，沉入刚果河中。

从此以后，母鸡可以异常静谧平安地在河边觅食，不再有浮起的木头，或曝日样子多节绿色的东西，来滋扰她。因为她晓得饥饿的老鳄鱼，将不再吃他的母鸡妹妹了。

冠顶山雀

鹧鸪夫人的孩儿 ①

在远古的时候，鸟类和其他的动物，都遣送他们的儿童到母鹊的幼稚园里。每日早晨，儿童们都在学习他们所应该晓得的功课。正午晨光，他们各种样子的母亲，都为儿女带午餐到校里来。你们可以想象得到，饥饿的小学生，接受食物的时候，是怎样的快乐啊。

一天，鹧鸪夫人忙于清洁她的屋子，午时已到，她却不能放下工作，携带食物到学校里去。

"唉，唉！"她举头向巢外张望而说，"现在已经是午时，小鹧鸪一定十分饥饿了。但是此刻我真的不能离开家里。怎样好呢？最好有别个母亲打从这里经过。"

她伸起项颈，热心向各方观察。最后侦见龟夫人带着她孩儿的食物，蹒跚地向学校行去。

"哦，邻居啊。哦！停一息儿去啊！"鹧鸪夫人扫动翅膀向龟夫人叫起来，"我想你是到学校里去的罢？哦，亲爱的龟夫人，你要晓得我今天的忙碌啊。我想没有一个会想象得到我清洁家屋是怎样忙碌的。现在想请你为我代劳一桩事情，不晓得可以吗？"

龟夫人无可无不可的淡淡地说："是啊，我自己也是一个忙碌

---

① 希腊的故事。

欧洲陆龟

日本拟水龟

的妇人。但是我愿意为邻居效劳。夫人，你要什么呢？"

"哦，多谢你！"鹧鸪夫人高叫，"亲爱的龟夫人，我将永不忘记你的厚意。现在你可以携带这一束美味的、蜿蜒的蠕虫，给我的小孩儿们作午餐吗？我将十分地感激你。"

"不必介意。"龟夫人轻淡地说，她实在疲惫于听取鹧鸪夫人尖锐的感谢声。"我异常愿意为你携带午餐，因为我就是要到那边去的。但是我没有认识你的孩儿。他们的面貌是什么样子的，夫人啊？"

"哦，那是容易的，"鹧鸪夫人说，"他们是学校中最美丽的小东西。他们说起话来非常像我。你将不难认识他们的。你跑到学校里的时候，看遍所有的儿童，选出其中最美丽的三个就是。这些一定是我的孩儿。请你将蜿蜒的蠕虫给我的爱儿。龟夫人，谢你，多谢你！有机会的时候，我将同样的报答你。真有情谊啊！谢谢你！"

"不必介意。"龟夫人再一次轻淡地说，她真异常烦厌于听取这些喋喋不休的说话。她随即缓慢地向学校行去，将附带的食物，极小心地负在背上。她又说："这些是精美肥壮的蠕虫呢。"

龟夫人到学校里的时候，刚刚是正午。所有各种动物的孩儿，都是张开口，等着他们的母亲和带来的食物。一列一列大张的饥饿的嘴啊！龟夫人慢慢地走来走去，遍视各个乞求美味的蠕虫的孩儿。"他们就是啊！"她对自己说，"饥饿的孩儿们看起来异常相像，当他们贪婪地大张着口的时候，并没有一个特别美丽的。我颇觉诧异，那就是鹧鸪夫人的孩儿们。她告诉我将这些食物给与最美的孩儿。是啊，我将做，假如错误了，也不是我的过失。呀，呀！这里是我亲爱的小龟！幸福的孩儿，他们是怎样的美丽啊！不晓得什么缘故，我可以明白宣布，我从没有看见过像他们那样美丽的。一定的，他

鹧鸪

们是学校中最美丽的儿童。于是依照我自己的意思，我必须将鹧鸪夫人的食物，给与他们。是啊，我的小东西们，这里是我带给你们的食物。当你们吃完的时候，这里还有是精美、肥壮、蜿蜒的蠕虫，你们母亲在路上拾来的———一种学校中最美丽的孩儿的奖品！"

于是小龟们这一天得到异常精美丰富的食物；但是可怜的小鹧鸪们，只能饿着肚子，饿到剧烈的头痛；回到家里，忧愁地向着他们愚笨的母亲，唧啾叫诉。鹧鸪夫人不禁勃然大怒，然而她并没有自己反省一下。我想她的动怒，并非正当，你们是否也是这样作想？因为龟夫人不过依照她愚笨自大的邻居所吩咐的话去实行而已。

从此以后，龟和鹧鸪，不再互相谈天；她们的儿童，也不再在学校里一同游戏。

赤胸山鹧鸪

狐与野鸭①

有一次，老年的狐夫人极为饥饿，但是她没有东西好吃，并且随便什么地方都没有食物的影踪。

"我将怎么好，我将怎么好？"狐悲叹着，"我如此饥饿与疲惫，但是所有的野鸟和家禽，都惧怕我，不敢近前来，好让我和他们商量一餐膳食。我的名誉极坏，将再没有一个来相信我。要怎样才可赢转我在同类中的荣誉，以图一饱。啊！有了，我将变得虔诚，开始去参诣圣地，那个样子，应该能够使我再为众生所欢迎。"

于是狐出发进香。她走得没有多远，遇见一只雄鸡。雄鸡明白狐夫人的性格，晓得和她接近的时候，是要得到灾殃的。所以他飞到树上，安稳地栖着，然后装腔作势地向狐夫人招呼："早安，狐夫人。走得这样快，要到哪里去啊？"

狐拉下她的嘴角，试做虔诚的样子，卷起眼睛，低声回答："哦，雄鸡先生，我是诚心诚意要去进香。我颇忧虑我罪恶的生活，所以现在我要变得良善了。"

"呀！"雄鸡说，"我很喜欢听你那样的话！你是要去参拜圣地吗？好，这个样子，我可以和你同去。"

"是，雄鸡先生，是呀！"狐恳切地回答，"这件事情，对于你

---

① 希腊传说。

也是有利的。来，栖在我广阔的背上，我将带你去。"

雄鸡谢了她，爬在她的背上，于是他们就一起向圣地进发。过一息晨光，他们遇见一只鸽子，鸽子看见狐夫人，就仓皇飞遁，因为她十分明白狐夫人奸恶的诡计，但是狐用文雅的声调呼唤她：

"不要惧怕，哦，鸽子！我知道你见我走近，为何要惊骇？我已悔悟已往的罪恶，变成皈依圣教的信徒了。我和我的朋友雄鸡，正在行走我们虔敬的路程呢。你也将和我们同去吗？"

纯洁的鸽子看见雄鸡站在狐的背上，她想一定是安全可靠的，所以她说："是的，狐夫人，我将和你们同去。"

"跳到我的背上来，雄鸡的旁边，还饶有余地呢。"狐出于至诚的样子说。

他们稍稍走一程路，遇到一羽野鸭，野鸭看见狐匆匆忙忙，走近他的面前，就呷呷而鸣，蹒跚跄踉地避开。但是狡猾的狐夫人，带笑地叫他：

"小弟弟，镇定些罢。我已经弃绝以往不仁的诡计，我已经忧愁地悔悟了，现在我正要到圣地去参拜。看，你的朋友雄鸡与鸽子，都做我的伴侣了。"

"那么我也将一道同去，"鸭说，"因为你已有良好的伴侣。"

"那才是了，"狐嘉许他说，"我想你是要去的。就请你和他们同在我背上占据一席罢！"

这一队奇异的巡礼团，行走许多时候，来到一个岩石的洞穴，黑暗深邃，有似兽穴。狐就立住了说：

"亲爱的弟兄们，现在是我们从事休息和细致反省我们罪恶的时候了。我们必须越过海洋与江河，将终结我们行程的时候，上天一定会知道。让我们听听各人的忏悔词罢，因为我可以确定我们大家都是有过罪恶的。来，雄鸡先生，和我到岩洞里来，我将听你第一个先讲。"

雄鸡跟她走进洞内，有些惊奇的样子说："为什么啊，狐夫人，我做过什么坏事呢？"

"你没有晓得吗？"狐严厉的样子回答，"你不是在中夜啼鸣，扰醒可怜的疲倦人沉酣的初睡吗？这件事情，你应觉着羞惭。还有，你极早的，在极不适当的时候啼叫，使旅行者失误他们正确的时间，他们出发过早，致被专门在黑夜中劫掠的盗贼所袭取，这些都是可怕的罪恶，雄鸡先生，你应该得到惩罚。"奸恶的老狐就擒住雄鸡，将他吃下。

吃完雄鸡以后，狐走出岩穴来说："现在你来罢？小鸽子，告诉我你做过什么不正当的事情。"

"但是我一样没有做过，"纯洁的鸽子，极为惊奇地说，"有什么恶事你可以归罪于我，狐夫人啊？"

"农夫播种的时候，你挖起黄色的谷粒，当作食物吃了。那是偷窃的行为，那是极大的罪恶，必定应该受到惩戒。"饥饿的狐叫着。于是她就擒住可怜的小鸽子将她吃下。

狐再立在岩洞的门口，偷偷地舐刷她的牙齿，并向鸭呼唤："进来，鸭先生，我将听你说些什么。"

"我没有什么做错，"鸭断然地说，"你也不能说我有什么，你现在能够说我吗？狐夫人啊！"

"哦，确实，确实！"狐高声地叫，"你没有偷窃王的金冠，戴在你自己头上吗？你那不义的东西。"

"我确确实实没有做过那种事情，狐夫人，我可以证明。你所说的全是谎话。稍待片刻，我可以请证人来。"

于是鸭走了出来，在岩穴面前飞起飞落的等待证人。即刻有个猎人带着枪走来，猎人侦见了鸭，就用枪向他瞄准。

"不要射我，"鸭叫起来，"你和我有什么过节，哦，猎人啊？我能够告诉你发见较有价值的猎物。来和我在一起，我将指示你一只吞食无辜鸟类的不义的狐。"

"极好，极好，"猎人擎住他的枪而说，"指示我在什么地方，我将赦免你。"

鸭引导他幽幽地到岩洞的门口，立住脚向里面叫唤："出来，狐夫人，我请到证人了。"

"让他进来，让他进来！"狐高声地叫，因为她真已经异常饥饿，想得双份的食物。

"不可以，"鸭回答，"他主张必须要你出来，"于是狐偷偷地爬到洞口，她奸恶的头刚刚出现，猎人早预备好，砰！射击过去，狐的巡礼就这样地完结了。

鸭已经足够成为一个香客了。他和猎人一同回到屋里，变成家鸭，永远快乐地住在猎人屋旁的池里。

野鸭

黑鸟与狐 ①

某日，狐夫人漫游于篱下，听见一羽黑鸟在树枝上鸣啭，她即刻跳跃上去，将这羽小东西擒住，并且就想吞咽下肚。但是黑鸟开始可怜地啁啾：

"哦，哦，狐夫人！你的意思怎样？试想想，我不过足够你小小的一口呢！至于让我自由的时候，让我自由的时候呢，只需你释放我，我可以告诉你一些事情。看啊！那边走来几个乡村妇人，提着鸡蛋、鸡肉和牛酪，是要带到佛利斯市上去的。那是较有价值的食饵！只需你释放我，我将帮助你，狐夫人啊！"

狐看见那些东西，想黑鸟的提议是不错的，所以她就让他自由。

你想黑鸟怎样做？他开始向妇人们跳过去，跳过去，翅膀拖在身后，他像是受伤破损的，那是有些鸟类所极为善用的诡计啊。

"看啊！"有一个妇人看见了他叫起来，"哦，那边这羽小黑鸟！他的翅膀破损，不能飞翔了。我将试去捉住他。"于是她极快地赶过去，托开双手，想将他捉住。别个妇人，也在路中央，放下她们的篮，一同追逐这羽可怜的、跛行的小黑鸟。但是常常是，当她们几乎要追及的时候，黑鸟飞行一段路，又离远她们了。

同时狐夫人沿着篱笆静默地不令人看见的，走到摆着篮的路上。

---

① 法国的传说。

而且，她发现是怎样好的食物啊！有鸡蛋、鸡肉和新鲜的牛酪，都为要到市上去出卖，制得很精美的。贪婪的狐夫人，都将它们吃下；所有鸡蛋、鸡肉和牛酪，都属于她了。这时候，她是怎样的心满意足啊？

黑鸟跳来跳去，跳了好长一段路，他暗暗观察，狐夫人已经吃完食物，于是他飞起来了，带着欢乐的笑声，一直在心中惊奇的妇人们头上的空中回旋。现在他的翅膀还有什么破损呢？他开始啸鸣、歌唱、啁啾，在空中好像一羽疯狂的鸟。妇人们大家只有忸怩地面面相觑。

"唉，可恶的黑鸟！"她们说，"当初总以为他是不能飞行的。但是看啊，狡猾的东西！哦，他好作弄我们啊！"

然后她们回到安放篮的地方，想开始到市上去。但是她们走到那边的时候，发现鸡蛋、鸡肉和牛酪都没有了。然而我想她们怎晓得是狐吃去的呢！

"哦！真不幸呀！"她们悲叹，"我们失去了鸡蛋、鸡肉和牛酪，变成没有东西可以带到街上去了。就在看见黑鸟的时候，失去我们一早晨工作的代价。唉！唉！所有的损失，都是那羽刁恶奸诈的黑鸟的缘故。"

于是她们不能再到佛利斯市上去，只好提着空篮，一路詈骂叫喊，回到家里去。但是在她们未曾回到家里和见到动怒的丈夫以前，狐夫人很安舒的在篱笆下面，作饭后的小睡。至于快乐的黑鸟，则在邻近的草地上，啄食多汁的嫩芽，耸起一只眼睛，防御那个尾巴蓬松的恶妇的第二次袭击。

良善的猎者①

从前西印度有一个良善的猎者。他并不以狩猎为游戏；他不喜欢娱乐性质的杀死鸟类、鱼类、野兽等野生动物，只有当他需要食物和衣服的时候，才偶一射击。他是一个极仁慈、极慷慨的人，异常喜爱所有树林里的一切生物，时时用他自己的粮食去饲喂他们，并且保护他们免去敌害。所以鸟类和野兽们喜爱他和好朋友一样，他就以良善的猎者著名。

良善的猎者异常勇敢，时时去和与他的种族为敌的凶暴的野蛮人作战。有一次，出发交战，不幸完全失败，于是良善的猎者被屠杀了，敌人还将他的头皮剥去②，让他的尸身，僵卧于森林中。

良善的猎者失去生命，体温退却以后，躺在幽暗寂静的林中，没有多少时候，狐快步经过，发见横陈落叶上的尸体，不禁叫了出来："唉！唉！这里是我们亲爱的朋友，良善的猎者，被杀害了！唉！唉！我们的好友和保护者失去了，我们应该怎样做呢？"

狐在林中悲哀地叫，向各种野兽报告遇着最伤心的事情了。不久，所有林中的野兽，成群的跑到出事地点。他们有好几百聚拢来，围绕他们好友的身体，发起最悲伤的哀哭。他们虽然用温暖的鼻头

---

① 北美易洛魁人的传说。

② 北美土人的习俗，剥取敌人带发的头皮，烘干保存，当作战胜的纪念物。

嗅他，用和润的舌头舐他，用柔软的毛皮抚摩他，终究不能使他醒转来。

他们要求熊哥哥来告诉他们应该怎样做，因为他是与人最有关系的兽类。熊像人那样地坐着，含泪对忧愁的群众讲话，嘱咐他们细致留心他的药箱，且看那里一种药材可以使良善的猎者复得生命。但是终于没有一样东西，能够使他们朋友苍淡的脸上，呈现生气，眼中得到光亮。他是时常救助他们的，但是现在他们却没有方法可以帮助他。于是这些仁慈的野兽，都秃然卧下，发出有力的哀哭，作为安魂的挽歌。

这样悲哀的声音，从来没有听见过，粗莽、尖刻并长声拖曳很迅速的经过林中。黄鸟在上面飞行，闻见了颇为惊异。即刻他鲜明的色彩，穿过多叶的树枝，闪灿而下；对于朦胧幽暗的森林，好像一道太阳光。

"哦，四脚的朋友们，遭遇了什么事情？"黄鸟询问，"你们为何如此重大的悲哀？"于是他们指着卧在他们忧愁伴侣中间良善的猎者尸首给他看，黄鸟也就随同他们发出悲哀的叫声。

他对良善的猎者的尸首说："哦，鸟类的朋友，是否现在没有任何鸟类来帮助你？你是屡次在草舍门口饲养我们的，我将呼唤全体羽族前来，尽我们的力量，设法让你复活。"

黄鸟飞去呼唤鸟类到森林里来会议。翅音纷杂扰动，鸣声啁啾喧噪之中，他们闻得噩耗，都是感慨惊叹。各种鸟类一概在这里，从微小的蜂鸟起，以至伟大的鹰，也离开他寂寞的高巢，来致敬于良善的猎者。可怜的小鸟们用尽种种方法，想把他们可爱的朋友复活起来。他们用嘴、用爪并用柔弱的翅膀来推动，但是他们所有的努力，都属无效。他们良善的猎者是死去了，他的头皮是失去了。

头巾林莺

于是白头的、聪明的、富有经验的伟大的鹰，对着失望的群众说了。从他高在空中的栖所俯视下来，已经看见世上无数岁月的生死变化，他明白自然的各样势力，和一切生命的奇象。头发苍苍的圣者说，如其不将良善的猎者的头皮寻得，他是不会复生的了。于是各种禽兽都鼓噪起来，他们愿意允诺去寻觅失去的头皮。狐得到差遣的荣誉，因为他是第一个在林中发见良善的猎者的身体。狐就出去寻觅，但是他只用诡谲的方法。他访觅每个雉巢和每个鸟窠，不能寻得失去的头皮。当他没有结果而回来的时候，鸟类都叫起来，"当然是没有的！当然没有一羽鸟会取良善的猎者的头皮。狐先生，你必须再比晓得这样多一些才好。"

第二次是一羽鸟出发去寻觅。鸠鹰①出发了，相信她应该成功的。但是她十分匆忙，飞行异常迅速，没有看到什么，所以她回来的时候，也没有寻着。于是白鹭请求他可以被允许去试试看。他说："因为你们都晓得我飞行如何的缓慢，而且我如何的细致，各样东西，都能够看见。"

"是的，特别是假如有什么东西很适宜于取食的时候。"机诈的樫鸟说，"不要信任他，众鸟们，他是最贪食的。"

白鹭仍旧被允许出发。他缓慢沉静地飞去，会议暂时停顿，等他回来。但白鹭飞得没有多远，他经过一块有美味的田荳；他息下来，啄取一二口。他吃，他吃，他还是吃，贪食的东西！直到他吃得饱满不能再加。然后他就熟睡，他睡着，睡着。睡着了。待他醒转来的时候，他已经很觉饥饿，于是继续吃。至于会议是等待着，很诧异地等待着。直到最后他们不能再忍耐，开始揣想樫鸟的话是对的，白鹭真是他所说的这一类东西。他们决定不必再等白鹭，他也没有

———————————
① 鸠鹰（pigeon hawk），北美产的一种鹰。

白鹭

回来。然后鸦走上前来说："让我去罢，我请求你们，因为我想我晓得头皮在什么地方，可以觅得；不在鸟的巢里，也不在任何野兽的窟穴里，也不在鱼所出没的水里，因为所有地上、空中、水里的生物，都是良善的猎者的朋友。那是人类，最最残酷的人类！所以我们在人类的篷帐里，一定可以寻得失去的头皮。让我到那边去寻访，因为人类常常见我飞近去，将不会猜疑我做什么的。"

鸦负着使命飞去，不久来到屠杀良善的猎者的武士所居的草舍前。确确实实在篷帐外面，良善的猎者的头皮，被高晾在竿上，曝晒太阳中，鸦飞近来武士也看见，以为没有要紧，因为他常常看见鸦飞近篷帐边的。当没有一个人看见这个巧妙的窃贼时候，他就设法窃取头皮，携带到森林中的会议席上。各种鸟类和野兽看见鸦竟得成功的时候，都异常快乐，他们极和气的对鸦讲话，比他许多月日以前所听到的还要过分。他们即刻将头皮放在良善的猎者头上，但是已经在武士的草舍里，烟得十分干燥，所以不能适合了。于是出现了一种新的困难。如何可以使头皮柔软而且适合呢？野兽已经尽力设法，但是他们的努力毫无效果。

伟大的鹰再走上前来，吩咐他们静听。

"我的小孩儿们。"他说，"我的翅膀是永不收摺的。我坐在云霄上的王位里，几百年来，日夜的天上露珠，都积蓄在我背上。或许这种不受地上泉水的露珠，有着治疗的能力，我们可以试试。"

伟大的鹰很庄严的拔取一枚长羽，浸入露水中，使羽毛润湿，然后蘸到僵硬的头皮上。不久头皮就变软了，可以适合于良善的猎者头上，和他初时生活着的同样。鸟类和野兽，匆忙地走开去，带回叶子和鲜花，树皮和浆果以及根儿，他们用以制成一种强有力的治疗药膏，洗洁刚刚被残忍地处理过的可怜的头皮。他们看见良善的猎者苍白的脸上，微微呈现色彩，眼睛也有光芒了，于是大大地快乐。他呼吸起来，他活动起来，他坐起来惊异地看着围绕在他四周的禽兽。

"我在哪里？遇着了什么？"他询问。

"你睡着了，你的朋友们唤醒了你。"伟大的鹰和蔼地说。"站立起来，良善的猎者，他们要看看你走路的样子呢！"

良善的猎者立了起来，而且步行，初起是异常不能稳立。回到他自己的草舍里，跟随着一大群林中快乐的生物，他们欢欣的喧扰声，成为钧天乐音。从此以后，良善的猎者，生活无数时日，喜爱他们，并且保护他们。

皇冠林莺

蓝鸟如何渡过重洋①

相传下来，蓝鸟②是一片蔚蓝的苍空所造就的。他奇异的色彩，我们只好将他和四月的苍天相比拟，据说因为这个缘故，小小的蓝鸟，特别被天空的神灵所爱悦。

一天，这羽勇敢的小鸟，出发作长途旅行，想渡过浩渺的太平洋，到不是哥仑布，也不是别个人所已经发见过的新世界那边去。在他下面是波动的广阔的海，各方都是浩渺无际，没有一块可以供这羽小鸟息足的陆地。因为这差不多是在海中有什么岛屿的时候以前。不久，可怜的小蓝鸟，变得十分疲倦，不敢再继续他长途的飞行。他的翅膀开始下垂，于是他向海面落下，一直落下，似乎海的蔚蓝，渴望要将他的蔚蓝吞没。他远在咸水上面，所以他极为干渴；现在各处都是水了，却仍然没有一滴可以入口。可怜的小鸟，向着造就他的青天，绝望地凝视：

"哦，苍天的神灵，救救你的孩儿蓝鸟！给我啊，我祈求你，一块地方使我安息，并滋润我枯渴的喉咙，否则，我将沦灭于残忍的绿波间了！"

在这些充满悲哀的言辞上，仁慈的天空神灵，对于他的小蓝鸟

---

① 萨摩亚的传说。
② 鸫（dōng）科鸟类。

怜悯起来。你们试想是如何样子？他造成一次微弱的地震，波涛间凸起一块陆地，适足以给小鸟栖息。这是一块细小的礁岩，石间的隙缝中，只容一滴刚刚落下的雨水；这些，对于疲倦的小蓝鸟，虽然只有片刻的安慰和兴奋，但是他达到这里，已经很快乐，很满足了。

没有多少时候，一个巨浪，几乎将他冲去。他仍然没有安稳。他依旧失却异常需要的休息和淡水。因为雨滴已经被四周冲上岩石的波浪变咸了。蓝鸟还要时时飞起以避免溅泼的水花。他比以前更加疲倦；而且继续不休的运动，使他更加干渴。他重新请求天空的神灵帮助。于是仁慈的天空神灵，又听见了。

这一次是一种可怕的地震，直到大洋沸腾，卷起巨浪，好似底下有什么东西，在大大地搅拌。蓝鸟于是发着惊骇的呼声，高飞空中。

但是，当喧扰和震动已经过去，海面重新平静安稳的时候，你想蓝鸟看见些什么？刚刚是浩渺无际的蓝色洋海，现在随处有大小的岛屿散布，适如我们在地图上可以看见的，描画在太平洋中的样子。萨摩亚①出现了，东加②和塔里姆以及其他无数名称美丽或不好听的岛屿都出现了。蓝鸟一个岛一个岛地飞过去，每个岛上，都可以得到休息和清水，直到他安全地到达大陆上。这些岛屿留存到现在，使别个旅行家经过的时候，不论自西到东，或自东到西，都可以中途逗留。那边有森林和瀑布，清泉和明湖，美味的果实，奇异的鸟兽，最后是一种奇异的有色人种（但他们当然是在好久以后才出现的）。

---

① 萨摩亚群岛，属大洋洲波利尼西亚，大小凡 14 岛，今英美二国分领。
② 东加群岛，亦名友爱群岛，大小 500 余岛，今为英保护。

蓝知更鸟

凤　凰①

　　阿拉伯沙漠中肥沃土地的棕榈树上，停着一羽凤凰，忧郁地睥视着下面的世界。他是寂寞，十分的寂寞。他从青年的时候起，经过中年时代，一直到老年，总是孤单的独自一个。因为他没有伴侣，也没有孩儿，在世界上，他的同类，只有他一个。

　　有过一次，当他出外游历的时候，别的对他都异常惊异，使他颇骄傲于自己的孤独和不寻常的美丽。但是，现在他年老了，衰弱而且疲倦，于是他觉到寂寞，真寂寞呢！他想，他生活得太长久了。

　　好几年，好几年，好几年，他看见世界上各样事物的来去。他看见别的鸟类发生，又看见他们的体形和色彩，经过奇异的变化，成为现在的样子。他看见几百只巡护者明亮的眼睛，止住孔雀的尾上。他看见火山赤红的心，渐渐驯服和平，变成朱红的小蜂鸟。他看见鸦转成黑色，金鹞变作华耀。而且他晓得所有这些东西的来去变化，是如何样子，又是什么缘故。已经许多世纪，究属几许，他自己也没有明白，他看见众鸟从他们小小的卵里孵化出来，扑动他们柔弱的小翅膀，飞去建筑他们小伴侣的巢，最后则是死去，形影隐没，不留痕迹。

　　但是凤凰是不死的，他和普通的羽族，不是同一泥土所造成。

---

① 埃及神话。Phoenix 虽然译称凤凰，但和我国传说上的凤凰，不是同一东西。

他是太阳的煊赫的鸟类，他是唯一的金光辉耀、红紫灿烂的一个。当他出去漫游的时候，所有的生物，都敬畏他的美丽、智慧和神秘，所以他们都不敢接近他，只是远远地跟随于后方，而且恭敬静穆，默不作声。凤凰不食寻常的花果和惹厌的昆虫，他取食珍贵的乳香、没药和一切的香膏。而且太阳很喜欢去抚摩他金彩朱紫的羽毛。

至于我们人类，在过去的时候，他曾经敬畏凤凰，为他建筑庙宇。原来人类也是微细的生物，和众鸟相比，生命没有长得多少。凤凰看见人类许多世代的生活，做着良善或恶劣的行为，随即死去；有时候在地球上遗留伟大的纪念物，有时候和各种鸟类同样，形影隐没，不留痕迹。

世上有王者生着，治理他的国家，随后死去，化为尘土。有预言者渐成白头，又是死去，不再有声音遗留。有诗人歌咏，而歌咏也随即灭亡。只有凤凰在他沙漠中的棕树上，看见世界上一切的事物，永远没有死亡。

这些都是他的尊荣和高贵。他应该如何的欢乐他的强健、他的美丽、他的智慧，以及所有无数生物因为从没有看见过他那样的光耀而对于他所起的尊崇和敬畏。但是现在啊，现在一切都变了。他生长得年老而倦怠。他觉到他的寂寞，他渴望死灭。

他的双翅虚弱无力。到后来，他不敢冒险远离沙漠。他畏惧别的鸟类对于他奇异的凝视，他们将发现他的美丽淡褪了，表示轻藐，虽然对于衰减的光华，他们或许仍旧维持敬畏。无数年份，也不敢给人类看见，他晓得多数的人，已经忘记他的生存，虽然他却是永远生存的。他恐怕世界上不能大家诚心诚意地敬畏他的名字了。

凤凰栖在最高的棕树顶上，忧愁地想着这些。他金彩朱紫的羽毛，在落日最后的光芒中辉耀。他的头垂下，他的眼睛呆滞无光。

生命的快乐，都已消逝。太阳渐渐向地平线下沉降，一只红眼睛盯住凤凰凝视。突然横过灰暗荒芜的沙漠，点上一条光线，浓密而明亮。这是从注视的太阳眼睛中所发出的唯一光线，好似火焰，到达棕树上，射入凤凰的深心。他的身体，遍起一阵颤抖。他身体紧缩，眼睛发生新光，注视刚刚接触地平线的眩耀的光点。棕树立在幽暗的沙漠中，但凤凰沐浴在突然的光线里。这是一个预兆，这是他所期待的预兆，虽然他自己没有晓得。五百年已经完结。他生命的神秘，快要解决了。

太阳隐没于地平线下，凤凰热心地从事于他当面的工作。他要建筑直到此刻以前所未曾晓得的巢。他将建筑于最高的棕树顶上，在这里，他可以接受幸福的、东方的第一线晨光。对于这件事情，需要异常的努力，他金彩朱紫的翅膀，就负担责任，远向天涯地角来去。因为他不是树枝和蒿草的巢，他是用珍贵的东西所造成的，而且他极晓得到什么地方去寻觅。巢的周缘，是丝质的叶子和草，编织檀香木片做成。巢底他一口一口地放下经过选择的甜蜜芳香的树胶、肉桂、丁香、没药、樟脑、龙涎香和乳香。

他用嘴和爪，终夜辛苦工作，直到巢的完成。当东方的曙光初染上的时候，凤凰再飞起一次，上升空中，用他充满热望的眼睛，注视他所爱过的世界；然后下降棕树间，休止他身体于馨香的巢上。翅膀广阔地张开，眼睛热心地注视着太阳一定在那里升起来的地方，他是等待着，等待着。

最后金色的眼睛出现了。黎明以前的夜里，有一缕辉耀的光线，似乎在指出寂寞的棕树。一支火箭射入凤凰所坐的巢里，这是太阳鸟最后的纪念。伟大的鸟即刻开始用他的翅膀，煽动甜蜜芳香的质块。燃着的火光，渐渐明亮，一阵辛辣、奇异、复杂的芳香，充满空中。太阳渐渐上升，伟大而光耀，从棕树上浮起黑烟，成为天上的薄云，飘过沙漠，向东方移去。凤凰用他巨大的翅膀，快而又快的煽动，直到太阳完全照透树顶，整个凤巢，完全燃起火焰，在火焰中央，混杂着凤凰的金彩和朱紫。火光高升于空中，幸福的阿拉伯，满布甜蜜的芳香。荧荧的火光，没有多少时候，就渐渐低沉下来，低而又低，直到只有一堆灰烬，留剩巢底。

但是看啊！凤凰死去了吗？灰烬中生起美丽的，年轻的生物是什么？一羽的鸟，形状像鹰，只是珍贵些、伟大些、强健些，较鸟王还要华耀，一个朱紫金彩灿烂的影像，从巢里像火焰那样升起来，在棕树上悬垂片刻，很热心地注视太阳，受他辉耀的、光明的洗礼。世界中生起一羽新的凤凰。老旧的光华，重新再生了。从凤凰的灰烬中，重新跃出年轻、快乐和希望；在他面前，有数百年的阳光可以娱乐。真正是由于有死灭价值的死亡，形成有生活价值的生命。

幼凤凰缓缓地降入初为坟墓，现成摇篮的巢里。注意爱护巢里容纳的亲体灰烬，用他强壮的嘴和爪，从树枝上将整个的巢取下，于是开始他崇敬的行程。他没有晓得要到什么地方，也没有晓得什么缘故，但太阳引导他向东方飞去。

他很迅速地经过空中，金彩与朱紫，闪烁辉耀。一群的小鸟，都惊异赞美的聚集起来。他们群随于相当距离的后方，成为一长练的崇拜者，讴歌新生的浪游者的华耀。凤凰的头上，高负他的重载；他心中充满虔敬的快乐。做凤凰真好，真好，真好呢！

最后到一处地方，他想是不认识的。太阳始终做他的向导。他来到埃及的希力奥坡力城，来到用鲜明的，朱紫金彩的凤凰色彩所装饰的伟大的太阳庙里。

在祭坛上，他放下崇敬的灰烬。而且看啊！有人类等待着接受他们——许多小孩儿，和一些年长而有童心的人，他们取起灰烬，敬谨地放在神龛里。凤凰永不被忘记，直到世界末了那样的久远，还是没有忘记他的。

新生的凤凰，飞回阿拉伯沙漠，和他种族中每个所做过的一样，神圣的、远离的、孤单的，经过五百年的生活，但是不会被遗忘，就是在他老年的时候，也是如此思想。因为在光明的太阳庙里，常有富于童心的人，喜欢敬重浪漫和神秘的永生的凤凰——那是往古所留下的可爱的、不死的纪念。

美洲金翅鸟

图书在版编目（CIP）数据

世界禽鸟物语 /（美）布拉文著；贾祖璋译. — 北京：中国国际广播出版社，2017.1（2024.1重印）

（科普大师经典馆. 贾祖璋）

ISBN 978-7-5078-3913-5

Ⅰ.①世… Ⅱ.①布…②贾… Ⅲ.①科学小品－作品集－美国－现代 Ⅳ.①I712.65

中国版本图书馆CIP数据核字（2016）第294785号

世界禽鸟物语

著　　者	[美]布拉文	
译　　者	贾祖璋	
策　　划	张娟平	
责任编辑	笑学婧　孙兴冉	
版式设计	国广设计室	
责任校对	徐秀英	

出版发行	中国国际广播出版社有限公司 ［010-89508207（传真）］
社　　址	北京市丰台区榴乡路88号石榴中心2号楼1701
	邮编：100079
印　　刷	天津鑫恒彩印刷有限公司

开　　本	880×1230　1/32
字　　数	55千字
印　　张	4.75
版　　次	2017 年 1 月 北京第一版
印　　次	2024 年 1 月 第二次印刷
定　　价	28.00元